# 아이는 말하고,
# 엄마는 씁니다

강진경 지음

**디자이너  nuːn**
눈(nuːn)은 북 디자인을 하는 디자인 스튜디오입니다.
✉ ppiggon75@gmail.com

**에디터  하순영**
머메이드의 도서를 기획, 편집합니다. 머메이드는 독자의 마음에 울림이 남는 콘텐츠를 만듭니다.
🅞 mermaid.jpub

# 아이는 말하고, 엄마는 씁니다

**1쇄 발행** 2023년 7월 18일

**지은이** 강진경
**펴낸이** 장성두
**펴낸곳** 머메이드
※ 머메이드는 주식회사 제이펍의 단행본 브랜드입니다.

**출판신고** 2021년 8월 12일 제2021-000123호
**주소** 경기도 파주시 회동길 159 3층 / **전화** 070-8201-9010 / **팩스** 02-6280-0405
**홈페이지** mermaidbooks.kr / **독자문의** mermaid.jpub@gmail.com

**소통기획부** 김정준, 송찬수, 이상복, 박재인, 김은미, 송영화, 배인혜, 권유라, 나준섭
**소통지원부** 민지환, 이승환, 김정미, 서세원 / **디자인부** 이민숙, 최병찬

**용지** 에스에이치페이퍼 / **인쇄** 한승문화 / **제본** 일진제책사

**ISBN** 979-11-977723-4-4 03810
**값** 16,800원

"아픔을 경험한 사람으로서, 아픈 엄마가 딸을 바라보는
애틋한 마음을 그렸지만, 누구나 아이를 키우며 느낄 수 있는 감정들을 담았기에,
자식을 둔 부모라면 쉽게 공감할 수 있을 것이라 생각합니다.
또한 비단 자식을 키우는 부모가 아니더라도, 질병이 없더라도,
인생을 살아가며 한 번쯤 시련을 만나 본 분이라면,
저의 이야기에서 자신의 모습을 찾을 수 있지 않을까요?"

― 강진경 드림

| 차 례 |

## 나의 뮤즈, 나의 딸

아이가 없었다면 이렇게 빨리 암의 그늘에서 벗어날 수 있었을까? 아이는 내가 살아야 할 가장 강력한 이유였고, 나를 살게 하는 원동력이었다. 그리고 나에게 글감을 던져 주는 뮤즈이기도 하다.

2021년 가을, 표준치료[1]를 마치고 다시 새로운 삶을 부여받았을 때 문득 아이와 나눈 인상 깊은 대화를 글로 기록해야겠다는 생각이 들었다. 짧지만, 여운이 길게 느껴지는 순간을 놓치지 않고 글로 써두면 휘발되지 않고 영원히 남게 되는 거니까. 내가 혹시 세상에 없더라도 아이가 엄마를

---

1 수술, 항암 화학 요법, 방사선 치료를 일컬음

기억하고 추억할 수 있게, 우리들의 아름다운 순간을 남겨 놓고 싶었다. 내가 죽더라도, 글은 남아있을 것이고, 그럼 아이는 글을 통해 나를 만날 수 있을 것이니. 그렇게 나는 《아이는 말하고 엄마는 씁니다》라는 제목으로 '브런치 스토리'[2]에 글을 연재하며 아이와의 시간을 박제하기 시작했다.

암에 걸리고, 죽음에 대해 한번 생각하게 되니 살아있는 모든 순간이 소중했다. 그런데 아이와의 대화를 글로 옮기다 보니 글로 쓰지 않았다면 느끼지 못할 감정들을 만나게 되었다. 아이가 말하는 주옥같은 말들을 놓치지 않고 기록하고 싶은 욕심에 글을 쓰기 시작했는데 글을 쓰며 아이를 더욱 사랑하게 되었고, 어른은 따라갈 수 없는 아이만의 천진난만함을 발견하게 되었다. 그 속에서 나의 마음도 정화되고 영혼까지 맑아지는 기분이었다. 쓰다 보니 언젠가 이 글들을 묶어 책으로 내고 싶다는 생각이 들었다. 그래서 글을 쓰는 기간을 1년으로 잡았다. 유방암을 진단받고 일상으로 돌아가기까지 1년의 과정을 유방암 투병 에세이로 썼다면, 이번 책에서는 표준치료가 끝난 뒤 아이와 함께한 사

---

2  카카오에서 운영하는 작가를 위한 글쓰기 플랫폼. 2023년 3월 '브런치'에서 '브런치 스토리'로 이름이 바뀌었다. 심사를 거쳐 승인을 받아야 작가가 되어 글을 발행할 수 있다.

계절을 글 속에 담아내며 엄마의 삶을 회복하는 과정을 그리고 싶었다. 그리고 마침내 글의 마침표를 찍는 순간이 왔다. 처음 글을 쓸 때 네 살 겨울을 맞이했던 아이가 어느새 자라 다섯 살의 겨울을 맞이하게 된 것이다. 이 책의 3장은 '브런치 스토리'에 연재했던 글 속에서 책에 수록할 만한 것을 고르고 분류하여 실었다. 나를 치유한 아이의 말들이 다른 분들에게도 치유의 메시지가 되었으면 좋겠다.

모든 아이는 말한다. 그러나 모든 엄마가 쓰는 것은 아니다. 아이가 말한 것을 기록하다 보면, 아이의 마음을 다시 들여다보게 되고, 아이에게 내가 어떻게 대꾸했는지, 어떤 대화를 이어나갔는지를 좀 더 객관화해서 보게 된다. '브런치 스토리'에 글을 연재하는 동안 많은 분들이 글을 읽어주시고, 아이를 사랑스러운 눈길로 바라봐주셨다. 아이가 말하는 반짝이는 말들, 그리고 다시 오지 않을 소중한 지금 이 순간들이 활자로 저장되어 나와 이 글을 읽는 이의 마음에 보석처럼 빛날 수 있기를 소망한다. 무엇보다 엄마와 다섯 살 딸이 주고받은 사랑의 메시지가 이 세상의 모든 아픈 엄마들에게 조금의 위로가 되었으면 좋겠다.

# 1장

죽음을
마주하고
달라진 세상

전화를 끊고 나서 네 살 딸아이의 얼굴이 아른거렸다.

이 아이가 엄마 없이 학창 시절을 보내야 한다면,

힘들 때 이렇게 함께 울어줄 엄마가 없다면,

이 아이의 인생이 얼마나 달라질까 생각하니

마음이 무너져 내렸다.

## 어느 날 갑자기 암 환자가 되다

　내가 암이라는 걸 안 것은 교무실에서였다. 학교는 늘 쉴 틈 없이 바쁘게 돌아간다. 그날은 평소보다 더했다. 우리 반 아이가 피를 흘리며 보건실에 나타난 위급 상황이었다. 그야말로 정신이 하나도 없었다. 응급 처치를 하고 겨우 상황을 수습한 지 얼마 되지 않아 책상 위 휴대폰이 울렸다. 얼마 전 방문한 유방 외과였다. 그제야 오늘이 조직 검사 결과가 나오는 날이란 걸 기억해냈다.

　'분명 또 맘모톰[3]을 하자고 하겠지. 지난번에도 그랬으니

───────────────

3　유방에 칼을 대지 않고 간단하게 암 여부를 진단하는 수술 방법

까. 이번엔 절대 상술에 넘어가지 않을 거야!'

나는 그때까지만 해도 내가 암일 것이라고는 0.1%도 생각하지 못했다. 암은, 나와는 상관없는 일인 줄 알았다. 의사에게 조직 검사를 하자는 말을 들었을 때도 그게 무얼 뜻하는 말인지 몰랐으니까.

수화기 너머로 간호사의 목소리가 들렸다. 간호사는 오늘 당장 보호자와 같이 내원할 것을 당부했다. 당황스러웠다. 갑자기 병원에, 그것도 보호자와 함께 오라고? 직장에 있으니 전화로 말해달라는 나의 요청에도, 간호사는 전화로 얘기하기가 곤란하다는 말만 반복했다. 그리고 보호자와 꼭 같이 와야 한다는 이야기를 계속해서 덧붙였다. 싸늘한 기분과 함께 드라마에서 심각한 병에 걸리면 보호자에게 먼저 말을 하는 장면이 떠올랐다. 나도 모르게 이렇게 묻고 말았다.

"혹시 암인 건가요?"

한 번도 내가 암에 걸릴 거라고 상상조차 해본 적 없는데, 내 몸이 직감적으로 나의 상태를 알고 있었던 걸까. 3초 정도 침묵이 흐르고, 무거운 공기가 수화기를 타고 전해졌다.

"네⋯⋯. 보호자와 꼭 같이 오세요."

전화를 끊고 나서 눈물이 나지 않았다. 평소 나의 성격대로라면 엉엉 울고도 남았을 텐데, 스스로도 놀랄 만큼 침착하고 담담했다. 주변 선생님들께 이 소식을 숨기고 말고 할 것도 없었다. 마치 감기에 걸려서 병원에 가보겠다고 하는 마냥 암이라서 병원에 다녀오겠다며 조퇴를 신청했다.

하지만 병원으로 향하는 차 안에서 갑자기 눈물이 솟구쳤다. 운전대를 잡아야 하는데 흐르는 눈물을 닦느라 운전대를 잡기가 어려웠다. 유리창 너머로 날씨는 맑았지만, 나의 시야는 하늘에서 비가 퍼붓는 것처럼 자꾸만 뿌옇게 흐려졌다. 자꾸만 무너져 내리는 마음을 붙잡고, 학부모님에게 전화를 걸었다. 아이는 지금 어떤지, 부모님은 어떻게 하셔야 하는지를 설명드렸다.

"선생님, 저는 어떻게 하면 좋을까요?"

학부모님이 흐느껴 우셨고, 나는 속으로 눈물을 흘렸다.

'어머니, 저도 울고 싶어요. 저는 어떻게 하면 될까요? 제가 암에 걸렸대요.'

눈물을 꾸역꾸역 삼키며, 나는 내 인생에 아무 일도 일어나지 않았던 것처럼 학부모 상담을 마쳤다. 어느 날 갑자기 암에 걸렸다고 해도 달라지는 건 없었다. 나는 여전히, 내가 있어야 할 자리에 있었다.

전화를 끊고 나서 네 살 딸아이의 얼굴이 아른거렸다. 이 아이가 엄마 없이 학창 시절을 보내야 한다면, 힘들 때 이렇게 함께 울어 줄 엄마가 없다면, 이 아이의 인생이 얼마나 달라질까 생각하니 마음이 무너져 내렸다. 나는 반드시 살아야 했다. 아이가 초등학교에 들어가는 것을 보고, 사춘기를 지나 어엿한 어른으로 성장할 때까지 무슨 일이 있어도 아이 곁에 남아야겠다는 비장한 각오가 마음속 깊이 스며들었다.

진료실에서 의사를 만났지만 변하는 건 없었다. 의사는 다시 한번 내가 유방암인 것을 확인시켜 주며, 진료의뢰서를 써 줄 테니 당장 대학 병원으로 가라고 했다. 진료실에서도, 진료실을 나오면서도 눈물은 나지 않았다. 하루라도 빨리 대학 병원 진료를 잡아야 했고, 어느 병원으로 가야 할지 선택해야 했다. 슬픈 감성에 빠져있기에는 해야 할 일이 너무 많았다.

'난 울지 않을 거야.'

주먹을 불끈 쥐고 마음을 다잡았다. 죽음을 마주하자 그 어느 때보다 할 일이 많아졌다.

# 암에 걸렸다고 세상이 끝날까?

누구나 암에 걸리면 처음엔 하늘이 무너지고, 세상이 끝날 것 같은 기분이 들 거다. 이토록 암이 두려운 이유는 암이 죽음과 연결되어 있기 때문이다. 암 환자가 되는 순간 대부분은 죽음의 공포와 마주한다. 그것은 암의 종류나 암의 기수와는 상관이 없다. 의학이 많이 발전했지만, 여전히 암은 현대 의학으로 정복되지 못한 분야이며, 사람이 죽게 되는 원인 1위인 질병이기 때문이다.

나 역시 암을 진단받고, 세상이 끝나는 것처럼 느껴지던 때가 있었다. 암에 대해 몰랐던 때, 몰랐기 때문에 두려웠고, 무지로 인한 막연함은 공포를 불러왔다. 사실 내가 진정 두려웠던 것은 죽음보다 남겨진 가족들의 슬픔이었다. 죽음 자체는 크게 두렵지 않았다. 죽음 뒤에 어떤 세계가 있을까, 죽으면 나는 어떻게 될까, 이런 것들은 안중에 없었다. 나의 모든 초점은 내가 죽은 후 남을 가족에게 쏠려 있었다. 아이는 엄마 없이 크기에 너무 어렸고, 남편은 아내 없이 살기에 너무 젊었다. 부모님보다 내가 먼저 죽으면 그런 불효가 세상에 없을 것 같았다. 특히 나의 가장 큰 약점은 소은이였다. 저 어린 것을 두고 내가 세상을 떠난다는 생각만 하면 하염없이 눈물이 흘렀다. 하지만 한편으로는 소은이가 있었기에 다시 일어설 수 있었다. 죽음에 대한 공포는 아이 인생의 중요한 순간마다 내가 함께 있어야 한다는 의지를 불태우자 차츰 옅어졌다. 엄마라는 이름은 나를 한없이 슬프게 만들었다가도, 결국 강력한 힘과 의지를 불러일으키는 마법의 단어였다.

개인적으로 죽음에 대해 가장 많이 생각했을 때는 암을 진단받고 수술을 받기 전까지였다. 나의 암 타입을 알 수 없고, 내가 어떤 치료 과정을 겪게 될지 모르는 암흑의 시간. 이 기간은 나뿐 아니라 많은 유방암 환자들에게 가장 힘든 순간이기도 하다. 막상 수술을 하고, 정확한 치료 방향과 병기[4]가 나오면, 조금씩 마음의 안정이 찾아온다. 그리고 표준치료가 끝나고 나면 암에 걸렸다고 해서, 당장 세상이 끝나는 것은 아니란 것을 몸소 느끼게 된다.

문제는 이 깨달음을 얻기까지의 시간이 사람에 따라, 각자 처한 상황에 따라 조금씩 다르다는 것이다. 그리고 자신

---

4  질병의 경과를 그 특징에 따라 구분한 시기

이 직접 깨닫기 전에는 아무리 주변에서 말을 해 줘도, 그 말이 가슴에 와닿지 않는다.

진단 직후, 대학 병원 외과에서 암을 수술하는 남편의 지인과 통화를 한 적이 있다. 그는 암 환자를 자주 만나는 의사 선생님으로서, 또 남편의 친구로서 친구의 아내인 나에게 진심 어린 조언을 해 주었다.

'죽음에 대해 생각하지 마라.'

'인터넷에 올라오는 부정적인 예후를 보지 마라.'

그때는 그 말을 듣고도 실천이 잘되지 않았지만 지금 생각해 보면, 모두 맞는 말이었다. 나는 이제 죽음에 대해 생각하지 않는다. 인터넷에 올라오는 부정적인 예후도 보지 않는다. 암의 전이와 재발은 늘 경계해야 하지만 그 두려움이 삶을 집어삼켜서는 안 된다. 그러한 부정적인 감정이야말로 암을 유발하는 가장 큰 원인이기 때문이다. 반대로 긍정적인 마음이 암 환자에게 얼마나 중요한지는 아무리 강조해도 지나치지 않다. 결국 암 환자가 가져야 할 것은 긍정적인 마음, 사소한 일에 감사하고 더 많이 사랑하는 마음이며, 버려야 할 것은 걱정과 근심으로 가득 찬 부정적인 마음이다.

자연 치유 생존자들을 15년간 연구해 온 켈리 터너 박사는 긍정적인 감정은 우리의 면역 체계를 위한 로켓 연료와 같다고 말한다. 그에 따르면 감정은 우리의 면역 체계와 연결되어 있고, 사랑, 용서, 감사, 화해와 같은 감정들은 암을 근본적으로 치유하는 힘이 된다. 반면 두려움, 수치심, 분노와 같은 감정은 스트레스 호르몬을 유발하여 우리 몸의 면역 체계를 무너뜨린다. 그러니 이 글을 읽는 독자분들은 암은 곧 죽음이라는 공식을 머릿속에서 지웠으면 좋겠다. 인간은 누구나 언젠가 죽는다. 암이 아니더라도 언젠가 우리는 모두 죽을 것이며, 누가 먼저 어떻게 죽을지는 아무도 알 수 없다. 부디 아직 다가오지 않은 죽음에 대해 두려워하지 않기를.

　　김상욱 경희대 물리학과 교수는 물리학을 공부하며 죽음에 관한 생각이 바뀌었다고 한다. 많은 사람이 죽음을 '기이한 현상'으로 생각하기에 죽음을 받아들이지 못하지만, 우주의 관점에서는 오히려 생명이 더 이상한 것이라고 한다. 원자들은 대부분의 시간을 죽은 상태로 있다가 어느 날 우연한 이유로 모여서 생명이 된단다. 생명이라는 정말 이상한 상태로 잠시 머물다가 죽음이라는 가장 자연스러운 상태로 돌아간다는 것이다. 이렇게 죽음을 바라보면 죽음이 오히려 자연스러운 것이며, 내가 살아 있는 이 찰나의 순간이 정말 소중하다는 걸 알게 된다는 그의 말이 내게도 깊은 울림을 주었다.

원자는 영원불멸하다. 내 몸을 이루고 있다가 죽으면 다시 뿔뿔이 흩어져서 나무가 되거나 지구를 떠나 별의 일부가 될 수도 있다. 위안이 되는 것은 우린 원자의 형태로 영생할 수 있다는 것이다. 사랑하는 사람이 내 주위에 원자 형태로 있다고 생각하면 위안을 주더라.

- 김상욱 경희대 물리학과 교수의 말 중에서

물론 죽음 앞에서 이런 마음을 갖는 것이 현실적으로 쉽지는 않다. 하지만 살아가며 계속해서 죽음을 다른 관점으로 바라보는 것은 불안한 마음을 잠재우는 데 꽤 도움이 된다. 아름다운 이 세상 소풍 끝내는 날, 하늘로 돌아가리라는 천상병 시인의 시 〈귀천〉에서처럼 삶을 잠시 세상에 머물다 가는 소풍이라 생각한다면 죽음도 조금은 덜 무섭게 느껴지지 않을까.

## 위기가 인생의 터닝 포인트가 되다

암을 진단 받던 날, 진료실을 나오며 나는 오늘이 내 인생의 터닝 포인트라고 생각했다. 터닝 포인트turning point란 사전적으로 '경기의 승패를 좌우하는 분기점'을 뜻한다. 인생에 빗대어 얘기한다면 내 인생에 있어 무언가 큰일이 일어나 전환이 일어나는 시점이라 말할 수 있을 것이다. 나는 직관적으로 삶을 송두리째 바꾸어야 암을 이길 수 있다고 생각했다. 오늘을 시작으로 모든 것이 달라져야 할 것 같았다.

'그동안 내가 나를 너무 혹사하며 살았구나. 바삐 살아온 내 삶의 시계를, 잠깐 멈추라는 하늘의 뜻이구나.'

이렇게 생각하니 마음이 한결 편했다. 일단 교사로서의 삶을 멈추었다. 엄마로서의 삶을 멈출 수는 없었지만, 힘들었던 육아의 짐도 조금은 내려두었다. 멈추면 비로소 보인다고 했던가. 암을 겪고 지금까지의 삶을 멈추자 이전에는 보이지 않았던 것들이 보이기 시작했다. 가장 먼저 식단을 바꾸고, 몸을 움직이기 시작했다. 걷는 걸 싫어하던 내가 살기 위해 걸었다. 그 당시 내게 걷기는 운동을 넘어 '생존을 위한 전쟁'에 가까웠다. 살고자 하는 절박한 마음으로 걷기 시작했다. 하지만 걷다 보니 그전에는 보이지 않던 것들이 보였다. 따뜻한 햇살과 시원한 바람, 파란 하늘과 하얀 구름, 초록색 나뭇잎과 흩날리는 꽃잎들……

그동안 보이지 않았던 자연의 아름다움과 그동안 들리지 않았던 자연의 속삭임에 귀를 기울이자, 마음이 편안해졌다. 누구를 위해, 무엇을 위해 사는지도 모를 만큼 힘들었던 지난날, 행복을 느낄 겨를도 없이 치열하고 고단했던 나의 삶이 조금씩 달라지기 시작했다.

수술 후 6개월부터는 필라테스 센터에서 규칙적으로 운동을 하기 시작했고, 규칙적인 운동은 내 삶을 변화시켰다. 운동은 몸뿐 아니라 마음도 건강하게 만들었다. 운동을 하며 내 몸에 집중하는 몰입 상태는 의욕, 희열과 같은 긍정적인 감정을 불러일으켰다.

마음 관리에도 관심을 두고, 뇌 과학이나 마음챙김[5] 등을 공부하기 시작했다. 그러면서 행복은 마음이 아니라 뇌에서 시작되며, 호르몬이 우리의 삶에 많은 영향을 미친다는

---

5  불교 수행 전통에서 기원한 심리학적 구성 개념으로 현재 순간을 있는 그대로 수용적인 태도로 자각하는 것

사실도 알게 되었다.

내가 암을 진단받고 좌절해서 아무것도 하지 않았다면, 또는 의사의 말에만 의지하고 주도적으로 나의 회복을 위해 힘쓰지 않았다면, 암이 인생의 터닝 포인트가 될 수 없었을 것이다. 나는 스스로에게 내 몸과 마음, 영혼이 낫기 위해 필요한 것이 무엇인가 끊임없이 질문을 던지고 마음가짐부터 생활 습관까지 모든 것을 바꾸었다. 그렇게 암을 진단받고 2년이 지난 지금, 나는 암을 진단받기 이전보다 훨씬 행복한 삶을 살고 있다.

사람은 누구나 인생을 살아가면서 시련과 역경을 겪는다. 그런데 이러한 위기를 맞았을 때 어떻게 반응하는가에 따라 두 부류로 나눠진다고 한다. 역경을 겪고 좌절하고 그대로 무너지는 사람과 더 높게 튀어 오르는 사람. 이 차이는 회복탄력성resilience이란 개념으로 설명할 수 있다.

2011년 국내 최초로 회복탄력성의 개념을 제시한 연세대학교 김주환 교수는 그의 저서 《회복탄력성》[6]에서 회복탄력성이란 인생의 바닥에서 그 바닥을 치고 올라올 수 있

---

6  김주환, 위즈덤하우스, 2011.

는 힘, 밑바닥까지 떨어져도 꿋꿋하게 되튀어 오르는 비인지 능력 혹은 마음의 근력을 의미한다고 밝혔다. 이 회복탄력성은 물체마다 탄성이 다르듯이 사람에 따라 다른데 중요한 것은 노력하면 회복탄력성을 향상시킬 수 있다는 점이었다.

김주환 교수는 그의 또 다른 책《내면소통》[7]에서 마음에도 근육이 있으며 몸의 근육처럼 마음의 근력도 체계적이고 반복적으로 훈련하면 강해진다고 하였다. 그리고 회복탄력성을 지니기 위해서는 자기조절력[8]과 대인관계력[9], 자기동기력[10] 이렇게 세 가지 마음 근력이 필요하다고 하였다.

나는 누구에게나 인생의 터닝 포인트가 있다고 생각한다. 그러나 그 터닝 포인트는 누가 만들어줄 수 있는 것이 아니다. 시련을 기회로 바꾸는 것, 역경을 인생의 터닝 포

- - - - - - - - - - - - - - - - - - - -

7  김주환, 인플루엔셜, 2023.

8  목표를 설정하고 그것을 위해 꾸준히 집념과 근기를 발휘하는 능력. 감정조절력, 과제지속력, 긍정성 등이 포함된다.

9  다른 사람을 존중하고 배려하고 다른 사람의 마음을 헤아리고 아픔이나 느낌에 공감하는 능력. 공감 능력, 관계성, 자기표현력 등이 포함된다.

10 스스로 하는 일에 열정을 발휘하는 능력. 내재동기, 자율성, 유능감 등이 포함된다.

인트로 삼는 것은 자신만이 할 수 있다. 그러니 혹시라도 지금 인생의 큰 시련과 마주했다면, 그 시련이 당신 삶에도 전환점이 되었으면 좋겠다. 유방암이 내 삶의 전환점이 되었던 것처럼.

## 나는 왜 아프고 나서 글을 썼을까

집안일은 산더미 같이 쌓여있고, 하루 두 시간은 꼬박 걸어야 만 보를 채울 수 있고, 다섯 살 아이와 신나게 놀아 주려면 하루가 48시간이어도 모자랐다. 그런데 나는 왜 글을 쓰려고 하는 걸까. 영화나 TV 오락 프로는 못 본 지 오래다. 일상에서 틈만 나면 글만 쓰고 있으니 때로는 정말 이래도 되는 걸까 싶은 생각도 든다. 언제까지, 얼마만큼 글을 써야 이 욕구가 충족될까?

어릴 때부터 내 취미는 책 읽기와 글쓰기였다. 요리가 취미라면 가족들이 행복할 테고, 운동이 취미라면 몸이 건강해질 텐데 글쓰기는 나에게 어떤 이로움을 줄까? 심지어 글쓰기가 삶 자체가 되어버린 지금, 과연 글을 쓰며 나는 무엇을 얻고자 하는 것일까?

글쓰기를 하면 좋은 점이 정말 많다.

우선 글은 나를 치유한다. 내가 글을 쓰는 첫 번째 이유는 글을 쓰는 것이 나를 치유하는 과정이기 때문이다. 처음 글쓰기를 시작한 것은 암을 진단받고 살아남기 위해서였다. 암이 내 몸을 갉아먹고 있단 것을 알았을 때, 나는 내 영혼을 구원하기 위해 글을 쓰기 시작했다. 불안하고 두려운 마음을 떨쳐 버리기 위해 뭐라도 해야 했고, 내가 가장 잘할 수 있는 일이 글을 쓰는 일이었다. 글을 쓰면 글을 쓰는 행위에 집중하면서 마음이 평온해졌고, 생각이 정돈되었다. 눈에 보이지 않는 머릿속의 생각이 글자가 되어 눈앞에 나타나면서 생각은 더욱 명확해졌다. 글을 쓰면서 내면의 목소리에 귀를 기울이게 되었고 그 과정에서 나를 더욱 알아가고 사랑하게 되었다. 부정적인 마음이 스며들 여지가 없었고, 내가 살아야 할 이유는 분명해졌다. 글쓰기는 이렇게 마음을 치유하는 동시에 미래를 생각하게 만들었다.

암 환자가 아닌 보통 사람에게도 글쓰기는 자신을 돌아보고, 스스로를 성찰하게 하는 힘으로 작용한다. 글을 쓰는 것은 자신의 내면을 가다듬는 것과 같기에 글쓰기에는 아픈 마음을 낫게 하고, 반추하는 힘이 있다.

암으로부터 일상을 거의 회복한 지금도 내가 글을 쓰는 이유는 글을 쓰면서 몰랐던 나 자신과 마주하게 되고, 삶을 더 깊이 있게 통찰하게 되기 때문이다. 글을 쓰다 보면 알게 된다. 사소하고 보잘것없는 일들도 글을 쓰는 사람이 그 안에 의미를 불어넣는 순간 달라진다는 것을.

두 번째, 글은 나의 삶을 기록한다. 암 투병을 하며 내 안에 떠오르는 모든 생각들과 내가 겪은 경험들을 기록해두고 싶었다. 쓰지 않으면 기억은 언젠가 휘발되어 버리니까.

몇 해 전 아이가 생기지 않아 1년 넘게 난임 시술을 받으며 고생한 적이 있다. 직장을 다니면서 시험관 시술을 받는 그 고통은 말할 수 없이 힘들고 괴로웠다. 그런데 시간이 지나자 문득 내가 시험관을 몇 번 했는지조차 생각이 나지 않았다. 아무리 인간이 망각의 동물이라고 하지만, 어떻게 그걸 잊을 수가 있을까? 그저 막연하게 힘들었다는 기억만 남을 뿐, 그 많은 시술을 하고도 난임에 대해 할 말이 없는 존재가 되었다. 그제야 난임 일기를 자세히 적었더라면 좋았을 텐데 후회가 되었다.

육아 에세이를 쓰는 것도, 아이와의 소중한 일상을 기록하고 기억하고 싶은 마음에서 시작되었다. 아이의 사랑스러운 어린 시절은 너무 빨리 흘러버리기 마련이니까. 삶의 모든 순간을 사진으로 찍어 두면 좋겠지만 그럴 수도 없거니와, 사진에는 담을 수 없는 무궁무진한 이야기를 글로는 모두 남겨둘 수 있다. 나의 삶을 박제해 두는 가장 좋은 방법은 글로 그 순간을 생생하게 기록하는 것이다.

세 번째, 글로 다른 사람과 연결되고 소통할 수 있다. 글을 쓰면 나의 경험이 타인에게 도움이 되는 기쁨을 얻게 된다. 나를 치유하고, 성찰하는 글쓰기는 혼자 일기장에도 쓸 수 있지만 내 글이 타인을 위한 글쓰기가 되려면 나의 글을 누군가 읽어 주어야 한다.

암을 진단받고 처음 글을 쓸 때는 혼자만 볼 수 있는 공간에 글을 썼다. 글은 나 자신을 드러내는 일이고, 그 글을 불특정 다수에게 공개한다는 것에는 용기가 필요했다. 나 자신을 속속들이 공개하는 것과 다름없게 느껴졌기 때문이다. 그런데 그때 마침 암을 진단받고 내게 연락을 주신 선생님이 계셨다. 나는 그분을 위해 내가 그동안 써온 서랍 속의 글들을 세상에 내보였다. 그리고 단 한 사람에게만이라도 내 글이 도움이 된다면 의미 있다고 생각했다. 그 후

차곡차곡 글들이 쌓여가며 더 많은 사람들이 내 글을 읽기 시작했다. 그들과 소통하기 시작하며, 나를 위해 쓴 글이 타인을 위한 글쓰기가 되는 마법을 경험하게 되었다.

마지막으로, 글쓰기는 오늘도 내가 살아있음을 증명하게 한다. 글을 쓰면 하루하루 내가 살아있다는 사실이 느껴지고, 오늘 하루도 헛되이 보내지 않았다는 안도감이 생긴다. 활자가 갖는 영원성. 다른 모든 것들은 사라지고 없어져도 내가 오늘 쓴 글은 일부러 지우지 않는 이상 영원히 존재하게 된다. 얼마나 멋지고, 감격스러운 일인가. 귀여운 할머니가 되어 100살까지 사는 것이 목표이니, 적어도 60년은 더 살면서 열심히 글을 써나가야겠다.


## 암 환자에서 작가가 되기까지

암을 진단받고 한참 죽음에 대해 생각할 때, 죽기 전에 내 이름으로 된 책을 남겨야겠다고 생각했다. 이대로 죽으면 너무 억울할 것 같았다. 퇴직 후 작가가 되는 것이 인생의 버킷 리스트에서 1순위였는데, 퇴직할 때까지 기다릴 마음의 여유가 없었다. 그래서 작가의 꿈을 당장 실현하기로 결심했다.

치료하기도 바쁜데 이런 목표를 세운 이유는 암을 치료하며 희망을 품으려면 이루어야 할 꿈이 있어야 했기 때문이다. 살기 위해서는 내가 살아야만 하는 이유, 뚜렷한 목표가 있어야 했다. 그래서 1년 뒤 나의 모습, 5년 뒤 나의 모습, 10년 뒤 나의 모습을 구체적으로 그려보았고, 가장 먼저 할 일은 나의 이야기를 글로 쓰는 것이었다.

작가가 되려면 어떻게 해야 할까. 오래전부터 알고는 있었지만 시간이 없다는 핑계로 도전하지 못했던 브런치 스토리에 문을 두드리기로 했다. 암을 진단받고 4일째 되는 날부터 브런치 스토리에 글을 쓰기 시작했고, 6개월 정도 시간이 지났을 무렵, 브런치 스토리 작가에 도전했다. 당시 해당 플랫폼의 글을 종이책으로 출간하는 출판 프로젝트가 있었는데 프로젝트에 도전하려면 먼저 브런치 스토리 작가가 되어야 했다. 간단한 자기소개와 앞으로 내가 쓰고 싶은 글, 그동안 적은 글 3개를 첨부했다.

감사하게도 한 번의 도전으로 바로 작가 승인이 되었다. 출간 작가도 한 번에 합격하기 힘들다는 말을 들어서일까.

이것만으로도 자신감이 생기고 가슴이 설레었다. 그렇게 '브런치 스토리' 작가가 되고 나서 3주 만에 브런치북을 완성했다. 그리고 지금은 종이책으로 출간된 나의 첫 '브런치북' 《유방암, 알지도 못하면서》[11]를 당시 출판 프로젝트 공모전에 출품했다.

결과를 기다리는 두 달 동안 매일매일 설레고 행복했다. 현실적으로 당선될 확률이 희박할지라도 꿈꾸는 자만이 누릴 수 있는 행복이랄까. 그때가 암을 진단받고 6개월밖에 되지 않은 시점이었다. 그럼에도 불구하고 내가 행복할 수 있던 것은 암이 아닌 다른 일에 집중하고, 희망을 꿈꾸었기 때문이다. 내가 좋아하는 일을 찾고, 내가 잘할 수 있는 일을 하며, 새로운 도전을 해나가는 것은 당시 내가 나를 지키기 위해 선택한 방법이었다.

결과를 기다리며 브런치북에 담지 못한 뒷이야기도 계속 써나갔다. 프로젝트가 끝났어도 유방암 치료는 계속되고, 나의 삶은 계속 이어지니까. 그러는 사이 처음 한 자리로 시작한 독자 수는 세 자리가 되었고, 나의 글을 구독해

---

11 강진경, 북테이블, 2022.

주는 사람들이 점점 늘어났다. 나를 작가라고 불러주고, 내 글에 독자라고 부를 수 있는 사람들이 있다는 것에 가슴이 두근거렸다. '작가님'이라니!

가장 감사한 순간은 내가 쓴 글을 읽고 희망과 용기를 얻었다는 메시지를 받을 때였다. 많은 유방암 환우분들이 글을 읽으며 자신의 모습이 떠올라 눈물이 났고, 동시에 위로가 되었다는 메시지를 보내주었다. 그 메시지가 내게는 삶을 긍정적으로 이어가게 하는 힘이 되었고, 계속 글을 쓰게 하는 원동력이 되었다. 내가 쓴 글이 다른 이의 마음을 위로하고, 공감을 불러올 수 있다는 것은 여태껏 경험해 보지 못한 또 다른 행복이었기 때문이다.

그때 비록 공모전에는 탈락했지만 슬퍼하거나 좌절하지 않았다. 바로 출간 기획서를 만들기 시작했고, 어떻게 출판사에 투고를 해야 하는지 알아보았다. 그 과정조차 재미있고 설레었다. 마침내 출판사에 원고를 보내던 날, 메일의 전송 버튼을 누르는 손이 얼마나 떨리던지.

그렇게 메일을 보낸 지 한 시간이 안 되어, 출간하자는 전화가 오기 시작했다. 너무 감격스러워 눈물이 날 것 같았다. 감사하게도 여러 출판사에서 출간을 제안해 주셨고, 나는 어떤 출판사에서 책을 내야 할지 행복한 고민을 하게 되었다.

암이 아니었다면 이렇게 빨리 작가의 꿈을 이루지는 못했을 것이다. 인간은 누구나 마음을 먹으면 할 수 있다. 간절히 원하면 이룰 수 있다. 단지 그 과정에서 누가 좀 더 집중을 하고, 누가 좀 더 자신에게 맞는 목표를 세웠느냐의 차이일 뿐이다.

통합 종양학 연구자 켈리 터너가 쓴《암, 그들은 이렇게 치유되었다》[12]에서는 암을 치유하는 근본적인 치유 요소 중 하나로 '살아야 할 강력한 이유'를 찾으라고 말한다. 우리가 살아야 할 이유에 집중하면 목적 의식, 행복감을 느끼게 되어 몸 전체에서 면역을 강화하는 호르몬이 분출된다고 한다. 그러니 결국 내가 책 쓰기에 도전했던 일련의 과정도 암을 치유하는 과정 중 하나였던 셈이다.

사람은 각자 잘하는 게 다르다. 나는 글을 썼지만, 모두가 글을 쓸 필요는 없다. 어떤 이에게는 음악, 어떤 이에게는 미술, 어떤 이에게는 무용, 어떤 이에게는 요리, 또 어떤

12 켈리 터너 · 트레이시 화이트, 샨티, 2022.

이에게는 운동이 암을 치유하는 과정이며, 인생의 새로운 행복을 열어줄 수 있을 거라 생각한다.

암 환자라고 해서 좌절하거나, 슬퍼할 필요는 없다. 각기 다른 영역에서 자신을 반짝반짝 빛나게 할 무언가가 반드시 있을 테니까.


## 내일 내가 죽는다면

내일 내가 죽는다면 처음 암을 진단받고 죽음을 생각했던 때처럼 그렇게 슬퍼하지는 않을 것이다. 암을 진단받고 너무 슬펐던 것은 앞에서도 말했지만 딸아이 때문이었다. 엄마로서의 무게와 책임감이 너무 컸기 때문에, 엄마 없는 세상을 살아갈 아이를 생각하면 그 슬픔을 감당할 수가 없었다. 그런데 시간이 지나고, 마음 근력을 키우면서, 내가 사는 이유를 다른 곳에서 찾으면 안 된다는 걸 깨달았다. 물론 그러한 마음이 가장 힘든 순간 나를 일으켜 세우는 힘이 된 것은 사실이다. 하지만 장기적으로 보면 아이를 위해, 남편을 위해, 부모님을 위해 사는 것이 아니라 나 자신이 곧 내 삶의 이유가 되어야 했다. 그걸 깨닫게 되니 죽음의 무게가 한결 가벼워졌다. 아이에게는 아이의 인생이 있고, 남편에게는 남편의 인생이 있고, 부모님께는 부모님의 인생이 있다. 나는 그저 옆에서 엄마로, 아내로, 딸과 며느리로 존재할 뿐, 내가 곧 그들의 인생은 아니다. 그러기에 내가 죽는다고 해서, 그들의 인생이 끝나는 것도, 남은 가족들이 불행한 삶을 살아야 하는 것도 아니다. 처음에는 가족을 잃은 슬픔과 상실의 고통이 찾아오겠지만 살아있는 사람들은 또 그들의 삶을 살아갈 것이다. 때로는 웃기도 하고, 때로는 울기도 하고, 때로는 나를 그리워하면서. 이렇게 생각하자, 내일 내가 죽는다고 해도 목놓아 울 일은 아니었다. 비로소 죽음에서 좀 더 자유로워졌다.

가족들을 생각하지 않고, 나 자신만 놓고 보았을 때 내일 내가 죽는다면 어떤 기분이 들까? 과연 후회하지 않는 삶을 살았다고 말할 수 있을까? '이제 죽어도 여한이 없다.'라고 말할 정도로 스스로 만족하는 삶을 살았는지 돌이켜보게 된다. 만 40년도 채 살지 않았기에 내가 소망하고, 꿈꾸는 많은 것들을 다 이루지는 못했어도 젊은 시절, 그토록 간절히 원하던 교사의 꿈을 이루었고, 갈망하던 글을 쓰는 삶을 살고 있으니 이만하면 꽤 만족스러운 인생이다. 매 순간 내가 하고 싶은 일에 아낌없이 열정을 쏟아부었기에 미련도 후회도 없다.

바꾸어 말하면, 우리가 내일 죽는다고 해도, 죽음이 사무치게 슬프지 않으려면 오늘이 행복해야 한다. 해보고 싶었던 일, 꿈꾸고 소망했던 일이 있다면 미룰 이유가 없다. 우리의 삶은 유한하고, 시간은 우리를 기다려주지 않으니, 죽음이 찾아오기 전에 오늘이 마지막인 듯, 그렇게 매일을 행복하게 살면 되는 것이다.

만일 인간이 자신의 죽음을 미리 알 수 있다면, 만일 내가 내일 죽는다면 나는 어떤 일을 하겠는가? 스스로에게 이 질문을 던지고, 글을 써 보자. 그리고 그 글대로 오늘을 살면 된다.

나는 내일 내가 죽는다면 가족들에게 사랑한다고 말해주고, 그들을 안아줄 것이다. 가장 환한 미소로, 가장 온화한 목소리로, 가장 따뜻한 손으로 나의 온기를 느낄 수 있게 하겠다. 사랑하는 사람들이 나를 아름다운 모습으로 기억할 수 있도록 말이다. 그리고 언제까지나 함께 있겠노라고, 그게 영원불멸의 원자 형태이든, 보이지 않는 영혼의 형태이든, 그저 마음속에 남아있는 것이든 나는 영원히 그들과 함께 살아 있을 거라고 말해 줄 것이다.

# 2장

○

운명적인
대천사
가족

지금도 나는 농담처럼 말한다.

하늘은 내게 상위 1%의 좋은 남편을 주었지만,

대신 상위 1%의 예민한 아이를 보냈다고.

남편이 아니었다면,

나는 어쩌면 우울증에 걸렸거나 정신이 이상해졌을지도 모른다.

정말 그만큼 힘든, 지옥 같은 순간들을 보냈다.

그러나 한순간도 아이의 존재 자체를 미워하거나 부정한 적은 없었다.

아이는 여전히 내 삶의 가장 중요한 사람이고,

내가 세상에서 가장 사랑하는 존재다.

## 상위 1% 남편, 상위 1% 아이

나에게 가족만큼 소중한 것은 없다. 아픈 나를 보살펴 주고, 응원해 주는 사람들은 가족이었고, 그중에서 가장 가까이서 내 옆을 지켜준 사람은 바로 나의 남편이다.

내가 남편과 만난 건 하늘이 만들어 준 운명 같았다. 나는 어른이 되어 종교를 갖게 되었고, 20대 때 성당에서 세례를 받으며 내 생일과 축일이 같은 라파엘라[13]를 세례명으로 정했다. 대천사의 축일은 모두 같기에 가브리엘라와 미카엘라도 후보에 있었지만, 왠지 치유의 천사인 라파엘라가 가

---

13 라파엘라는 대천사 성 라파엘의 여성형 이름. 성 라파엘 대천사는 교회가 전례에서 공경하는 세 천사(가브리엘, 라파엘, 미카엘) 중 하나이다.

장 좋았다. 세례 성사를 받으며 나중에 '라파엘'을 만나 결혼해야겠다는 생각을 했다. 그리고 아이를 낳으면 미카엘⒣이나 가브리엘⒣로 세례명을 짓고, 대천사 가족을 만들어야겠다는 야심찬 계획을 세웠다. 그런데 서른 살에 만난 내 남편이 바로 라파엘일 줄이야. 남편과 처음 만난 날, 그가 군대에서 세례를 받았고, 그의 세례명이 라파엘이라는 걸 알게 되었다. 그 사실을 알고 남편을 더욱 유심히 보았다. 먼 훗날 혹시 내 남편이 되지 않을까 싶어서.

그리고 남편과 연애를 시작하기 전, 남편의 할머님이 내 꿈에 나오셨다. 처음 보는 할머님과 내가 다정하게 팔짱을 끼고 걷는 꿈이었다. 참으로 신기하고도 오묘한 꿈이었다. 마치 할머님이 나와 남편을 연결해 주신 느낌이 들었다. 남편이 군대에서 천주교를 택한 것도 남편의 돌아가신 할머님께서 독실한 천주교 신자였기 때문이었다. 그 꿈을 꾸고 난 후, 남편에게 고백을 받고, 우리는 사귀기 시작했다. 우리는 만난 지 일주일 만에 연애를 시작하고, 한 달 만에 결혼을 약속했다. 다음 달 상견례를 했고, 예식장을 예약하고, 살 집을 정했다. 그리고 9개월 만에 결혼에 골인했다. 모든 것이 순조로웠다.

남편은 차가운 머리와 따뜻한 가슴을 가진 남자였다. 편지로 내게 고백을 했고, 자주 시를 써 주었다. 청혼을 할 때도 시집을 건네며 '그대에게 시집을 줄 테니, 나에게 시집을 오시오.'라고 했던 사람이다.

결혼을 하고도 그는 한없이 가정적이었다. 나보다 살림과 요리를 잘했고, 가정에 헌신적인 남자였다. 그는 똑똑했고, 남들이 인정하는 좋은 직장에 다니고 돈도 잘 벌었다. 상위 1%의 좋은 남편이었다. 나는 학창 시절부터 꿈꾸었던 국어 교사의 꿈을 이루고, 자상한 남편을 만나 결혼하여 행복한 삶을 사는 듯했다. 하지만 그 행복은 오래가지 못했다.

결혼 후 남편도 나도, 아이를 가지고자 했지만 아이가 생기질 않아 꽤 오랜 시간 난임으로 고통받게 되었다. 난임 치료를 받으며, 그때가 내 인생에 가장 힘든 시기라 생각했는데 그건 시작에 불과했다. 힘들게 가진 아이는 감당하지 못할 정도로 예민했다.[14] 설상가상 어린이집 담임 교사의 부적절한 돌봄으로 아이는 오랫동안 트라우마에 시달렸다.

---

14 예민한 아이를 키울 때 부모는 힘이 들지만 아이의 예민함 자체가 나쁘다는 것은 아님을 밝히고 싶다. 예민한 아이는 특별한 잠재력을 가졌으며 그 이야기는 나의 또 다른 책 《예민한 아이는 처음이라》에 담았다.

여러 가지 방어 기제들이 나타나 감각 통합에 어려움을 겪었고, 일상생활이 불가했다. 결국 전문 기관에서 관련 검사를 하였고, 전문 상담사의 치료적 개입이 필요하다는 소견이 나왔다. 놀이 치료와 미술 치료를 받으며 아이를 극진히 돌보았지만 아이가 정상으로 회복되는 데는 6개월 이상의 시간이 걸렸다. 그동안 나의 몸과 마음은 피폐해졌고, 나는 나의 밑바닥이 어디까지인지를 경험했다. 그리고 38살의 젊은 나이에 유방암을 진단받았다.

지금도 나는 농담처럼 말한다. 하늘은 내게 상위 1%의 좋은 남편을 주었지만, 대신 상위 1%의 예민한 아이를 보냈다고. 남편이 아니었다면, 나는 어쩌면 우울증에 걸렸거나 정신이 이상해졌을지도 모른다. 정말 그만큼 힘든, 지옥 같은 순간들을 보냈다. 그러나 한순간도 아이의 존재 자체를 미워하거나 부정한 적은 없었다. 아이는 여전히 내 삶의 가장 중요한 사람이고, 내가 세상에서 가장 사랑하는 존재다. 눈에 넣어도 아프지 않다는 말처럼, 자식은 부모에게 그런 존재다. 그러니 먼 훗날 소은이가 커서, 혹시라도 엄마가 자신을 키우며 아프고 힘들었던 것에 상처받지 않았으면 한다. 만에 하나라도 아이가 나의 글을 읽고, 자신을 탓하는 일은 있어서는 안 되기에 지금 여기에서 분명히 말하고 싶다. 엄마에게 일어난 모든 일은 너의 잘못이 아니라고. 너는 하느님이 엄마, 아빠에게 보내주신 선물이며, 그 무엇과도 바꿀 수 없는 소중한 존재라고.

소은이의 세례명은 미카엘라다. 결국 나의 소망대로 나는 대천사 가족을 이루었다. 먼 훗날 소은이의 짝꿍으로 남편처럼 좋은 사람이 나타났으면 좋겠다. 그의 세례명이 미카엘이라면 더할 나위 없이 좋겠다.

## 난임이라는 긴 터널[15]

31살에 결혼을 했고, 일 년 동안은 온전한 신혼 생활을 즐겼다. 남편과 둘이 여행도 다니고, 연애하는 기분으로 알콩달콩 지냈다. 돌이켜 보면, 이때가 나의 결혼 생활 중 가

---

15 난임 일기를 따로 적지 않아, 당시 내가 활동하던 난임 카페에 올렸던 기록을 토대로 기억을 재구성하였다. 난임과 관련하여 130개 이상의 본문 글을 게시했고, 그 덕분에 상세하게 난임 치료 과정을 쓸 수 있었다. 그때의 글 속에 난임으로 힘들었던 내 모습이 고스란히 담겨 있어 마음이 아팠지만 한편으로는 이렇게라도 기록을 남겨준 과거의 나에게 고마운 마음도 든다.

장 걱정이 없던 때였다. 당시 아이는 마음만 먹으면 언제든 가질 수 있을 거라고 생각했다. 지금 생각해 보면 얼마나 큰 착각이었나. 인생은 내 마음대로 되는 것이 아니었다. 더군다나 한 생명이 찾아오는 시점은 나의 계획대로 되는 게 아님을 이때는 몰랐다.

결혼하고 1년 정도 지났을 무렵부터 임신 준비를 하기 시작했다. 하지만 6개월이 지나도 아이가 생기지 않았다. 슬그머니 초조한 마음이 생겼다. 물론 난임 검사를 받기에는 애매한 시점이었다.[16] 그래도 적은 나이는 아니라서 일단 동네 산부인과에 있는 난임 센터를 방문했다.

그때까지만 해도 아직 임신을 시도한 지 1년도 되지 않았는데 난임 검사를 받는 게 맞는건가 의문이 들었다. 게다가 인터넷으로 찾아본 나팔관 조영술[17]은 아프기로 악명이 높았다. 그래도 이왕 병원에 방문하였으니, 한번 검사를 해 보는 게 낫겠다 싶어 난임 검사를 하기로 했다. 과배란 유

---

16 피임을 하지 않은 상태에서 정상적인 부부관계를 하면서 약 1년 내에 임신이 되지 않는 경우를 난임이라고 한다.

17 여성 난임 검사의 하나로, 조영제를 나팔관에 투여해 자궁과 연결된 양쪽 나팔관이 잘 개통되어 있는지 확인하는 검사

도[18]를 하면 임신이 잘된다고 하니 시도해 보기로 마음먹고, 클로미펜[19]도 처방받았다.

나는 나팔관 조영술과 피 검사, 초음파 검사를 받았고, 남편도 정액 검사와 피 검사를 했다. 나팔관 조영술은 정말 비명이 나올 정도로 아팠다. 검사 결과 다행히 두 사람 다 불임은 아니었다. 계속 자연 임신을 시도할지, 병원에 도움을 받을지 선택해야 하는 상황이 되었다. 일단은 과배란을 해보기로 했으니 난포 터지는 주사를 맞았다. 난포 4개가 자라서 그중 1개가 왼쪽으로 배란된 걸 확인했다. 이때는 과배란 유도를 하면 바로 임신이 될 줄 알았다. 하지만 임신은 그리 호락호락하지 않았다.

의사 선생님이 과배란 유도를 세 번까지는 해 보자고 해서, 이번에는 약도 복용하고 주사까지 맞았다. 과배란 유도 주사는 말 그대로 많은 양의 난자를 배란시키기 위해 맞는 주사다. 매일 같은 시간에 주사를 배에 맞아야 해서 집에서 스스로 배에 주사를 놓기 시작했다. 병원

---

18 여성의 생식 세포인 난자는 한 달에 1개만 배란된다. 과배란 유도란 임신의 확률을 높이고자 인위적으로 난소를 자극해 여러 개의 난자 배란을 유도하는 것을 말한다.

19 배란을 유도하는 약물이다. 보통 생리 시작일로부터 5일째 되는 날부터 1정 혹은 2정을 5일 동안 복용한다.

에 갈 일이 너무 많았다. 중간에 난포 크기를 확인하기 위해, 난포 터지는 주사를 맞기 위해, 배란을 확인하기 위해…… 직장을 다니면서 병원 스케줄을 맞추는 게 쉽지 않았다. 하지만 이렇게 노력을 했음에도 불구하고 난포는 2개밖에 자라지 않았다. 오른쪽으로 배란이 된 걸 확인하고 임신을 시도했지만 잘되지 않았다. 심지어 다음 달은 난포가 자라지 않아 과배란 유도를 포기해야 했고, 그다음 달은 난포가 8개나 자랐지만 이때도 결과는 실패였다.

이렇게 순식간에 4개월이 흐르자 내 마음은 더 초조해졌다. 배란 테스트기와 임신 테스트기를 박스째로 사두고, 임신 테스트기가 희미하게 두 줄이라도 보이는 날에는 심장이 콩닥콩닥 뛰었다. 한약, 흑마늘, 포도 주스, 강화 쑥 등. 몸에 좋다는 건 다 먹었지만 효과가 없었다. 의사 선생님은 난임의 다음 단계인 인공 수정을 권했다. 마침 여름 방학을 앞두고 있어 시기적으로 괜찮을 것 같았다.

난임 시술 전문 병원으로 병원을 옮기고, 인공 수정[20]을 시도했다. 방식은 과배란 유도와 동일하지만 마지막이 달

20 여성의 자궁 안에 정자를 직접 주입해 임신을 유도하는 방법

랐다. 그런데 하필이면 인공 수정 시술 날이 방학이 끝나고 잡혔다. 배란 주기에 맞추어 시술을 해야 하다 보니, 날짜를 조정할 수가 없었고, 휴가를 얻으려면 학교에 말을 해야 하는데 입이 떨어지지 않았다. 그 당시만 해도 지금처럼 난임 휴직이라는 게 따로 있지 않을 때였다. 직장 생활과 병행하며 시술을 한다는 것 자체가 너무 스트레스였고, 그렇게 마음을 졸여가며 힘들게 시술을 이어나갔다.

두 번째 인공 수정도 실패하자 병원에서는 시험관 시술[21]로 넘어가길 권유했지만 도저히 학기 중에 그 힘든 과정을 해낼 자신이 없었다. 결국 한 번의 인공 수정을 더 했지만 결과는 이번에도 꽝. 그 사이 시간은 흘러 겨울 방학이 되었고, 마침 방학인 걸 너무 다행이라 여기며 시험관 장기요법[22]에 들어가게 되었다.

시험관 시술은 이전보다 훨씬 더 힘이 들었다. 매일 일정한 시간에 주사를 맞고, 난자를 채취하고, 이식을 하기까지

---

21 자연 임신이 되지 않을 때 정자와 난자를 시험관에서 체외 수정한 후에 자궁에 이식하는 방법

22 생리 예정일 7~10일 전부터 피하주사를 맞기 시작하여, 생리 후 과배란 유도 주사를 맞는 동안 계속 병행하는 방법으로서 오랫동안 주사를 맞아야 하는 부담감이 있지만 안정성이 높다는 장점이 있어 가장 많이 사용되고 있는 방법이다.

모든 게 쉽지 않은 과정이었다. 난포가 몇 개 자랐는지, 난자는 얼마나 채취되었는지, 또 수정은 얼마나 되었는지, 배아는 몇 개 이식하는지, 냉동 배아는 몇 개나 남았는지, 이 모든 것이 낯설고 어려웠다. 특히 난자 채취는 너무 아프고 힘들었고, 이식하는 날도 착상이 잘 되기 위해  계속 누워만 있어야 했다. 이식 후에는 프로게스테론[23] 주사를 2주간 맞아야 하는데 그 부작용이 무척 심했다. 엉덩이와 허벅지에 두드러기가 퍼지고, 너무 간지러워 미칠 지경이었다. 질정[24]도 마찬가지였다. 호르몬의 영향으로 입 주변이 빨갛게 부어오르고 얼굴 피부는 말이 아니었다.

하지만 임신만 된다면 이런 것쯤이야 다 이겨낼 수 있을 것 같았다. 당시 임신이 잘 되게 하려고 주말마다 서울에 있는 난임 전문 한의원까지 다니고 있었다. 한약을 먹고, 침을 맞고, 왕뜸을 하고, 경락 마사지까지. 한의원에서 제안한 모든 치료를 다 해보았다. 임신만 된다면 뭐라도 하고 싶었고, 정말 지푸라기라도 잡는 심정이었다. 매일 추어

---

23 여성의 성 호르몬으로 주로 난소에서 배란 후 만들어지며 생리 주기와 임신 유지에 중요한 역할을 한다.

24 여성의 질내에 삽입하는 알약으로, 착상과 유산 방지를 위해 프로게스테론을 보충하기 위해 사용한다.

탕과 설렁탕, 아보카도 등 임신에 좋다는 음식만 골라 먹었다. 하지만 첫 시험관 도전은 착상조차 되지 않았다. 절망적이었지만, 냉동 배아가 있었기에 바로 두 번째 시험관 준비에 들어갔다. 다시 매일 약을 먹고, 주사를 맞고, 똑같은 과정을 반복했다. 그리고 드디어! 두 번째 시험관 시술에서 착상이 되었다. 임신 테스트기에 두 줄이 떴고, 임신 호르몬 수치도 36으로 낮게나마 임신을 가리키고 있었다. 그러나 2차 피 검사에서 수치가 아래로 떨어졌다. 당시 학기 중이라 학교를 다니고 있었고, 임신을 유지하기 위해 온갖 애를 다 썼지만 육체의 피로와 직장 생활에서 받는 스트레스를 피할 수 없었다. 두 번째 시도가 화학적 유산[25]으로 종결되었을 때, 정말 하루 종일 울었다.

남들은 그렇게 잘 생긴다는 아이가, 왜 나에게는 이렇게 힘든 것일까. 손만 잡고 자도 애가 생겼다는 이야기를 들을 때면 더 자괴감이 들었다. 이제 남은 건 단 한 개의 배아밖에 없었다. 1차 때 신선 배아[26] 두 개를 넣었고, 2차 때 냉

---

25 임신 초기에 임신 테스트기에 대한 반응을 보이거나 피 검사상에서 임신이 확인되었지만 아기집이 보이지 않고 이후 피 검사에서도 임신 호르몬 수치가 10 이하로 떨어지게 되는 경우를 말한다.

26 막 만들어진 배아로 가장 좋은 배아일 확률이 높음

동 배아[27] 두 개를 넣었는데 둘 다 임신이 되지 않았으니 확률상으로는 임신이 더 힘들 것 같았다. 그 희박한 확률에 희망을 걸어야 하는 상황. 이마저도 실패하면 난자 채취부터 다시 해야 했는데 이 짓을 계속할 수 있을지 자신이 없었다. 난임 치료를 시작한 지 어느덧 1년이 넘어가고 있었다. 이번에도 임신이 안 되면 더 이상의 시술은 포기해야 하지 않을까. 절박한 마음으로 마지막 시험관에 도전했다. 그리고 마지막 시험관 이식을 하던 날, 병원 수술대에 누워 성모송[28]을 수십 번 외웠다. 이식을 하고 안정을 취하기 위해 누워있던 곳에서도 성모송을 쉬지 않고 외웠다.

은총이 가득하신 마리아님, 기뻐하소서!
주님께서 함께 계시니 여인 중에 복되시며 태중에 아들 예수님
또한 복되시나이다.
천주의 성모 마리아님,
이제와 저희 죽을 때에 저희 죄인을 위하여 빌어주소서. 아멘.

27 신선 배아 이식 후 남은 배아 중 임신 가능성을 가진 배아들을 냉동시켜 보관하는 것
28 예수 그리스도의 어머니이신 성모 마리아께 바치는 기도

마리아님께서 나의 기도를 들어주신 걸까. 1차 피 검사 때 임신 호르몬 수치가 55.4로 지난번보다 높았다. 일주일 뒤 2차 피 검사까지 시간이 정말 더디게 흘렀다. 그리고 드디어 2차 피 검사 결과가 나오던 날, 임신 호르몬 수치는 328.2였다. 수치상으로 6배가 올랐지만, 병원에서는 정상 임신이 아니라고 했다. 10배는 뛰어야 한다며 질정과 약을 모두 중단하라는 처방이 내려졌다. 나는 이 결과를 받아들일 수가 없었다. 혹시 모르니 계속 질정을 쓰면 안 되냐고 물으니 자궁외임신[29]일 경우 질정을 사용하면 더 위험할 수 있다고 권하지 않았다. 그러나 나는 마지막까지 희망의 끈을 놓을 수 없어 질정과 약을 계속 유지했다. 그리고 이틀 뒤 토요일에 당일 피 검사 결과가 나오는 다른 산부인과를 가보기로 했다.

마침 그날은 용인에 있는 '하늘의 문 성당'에서 윤민재 베드로 신부님[30]의 성모 신심 미사가 있었다. 오래전부터 한 번은 만나 뵙고 싶었던 신부님. 천주교 신자 사이에서

---

29 수정란이 자궁 내에 착상하지 않고, 나팔관이나 복강 내 혹은 난소나 자궁경부에 착상하여 자라는 경우

30 2023년 6월, 천주교 수원교구 '안산성요셉성당'의 주임 신부님으로 부임하시어 현재는 안산성요셉성당으로 가면 신부님을 뵐 수 있다.

생명 축복과 치유의 은사로 유명하신 분이었다. 피 검사를 하러 병원에 가기 전 남편과 함께 성당을 찾았다. 신부님을 뵙고 축복을 받으면 혹시나 기적이 일어나지 않을까 하는 간절한 마음이었다.

미사 중 신부님 강론을 들으며 하염없이 눈물이 났다. 신부님께서 성체조배[31]를 하고 계시던 중 주님께서 생명의 축복을 주시겠다고 말씀하셨다고 한다. 이후 아기를 갖길 원하는 사람들에게 기도를 청하도록 하고 강복을 주시고 안수[32]도 주라고 하셨다고. 그 후로 지금까지 많은 사람들이 신부님을 만나 임신이 되었다고 하는데 그 과정이 감격스럽기도 했지만 나는 그들의 마음이 얼마나 절실한지 알기에 마음이 아팠다. 미사가 끝나고 신부님께서 한 사람 한 사람에게 정성껏 안수 기도를 해 주셨다. 미사를 마치고 병원에 들러 피 검사를 한 후, 신부님께서 쓰신 책을 읽었다. 거기에는 주님께서 보여 주신 기적 같은 일들이 몇 있었다. 나는 속으로 이런 생각이 들었다.

---

31 성체(예수님의 몸. 축성된 빵의 형상을 띰)를 모셔둔 감실(성체를 모셔둔 곳) 앞에서 성체를 경배하며, 그 신비를 깊이 묵상하는 것

32 신자의 머리 위에 손을 얹는 일

'나에게도 이런 기적이 일어나면 얼마나 좋을까? 하느님이 내게도 이런 은총을 내려 주시면 얼마나 좋을까?'

그리고 몇 시간이 지났을까? 피 검사 결과를 기다리며 묵주 기도를 드리고 있었는데 전화벨이 울렸다.

"축하드려요! 정상 임신입니다."

아까 피 검사를 했던 산부인과의 원장님이 직접 전화를 주셔서 기쁜 소식을 알려주셨다. 피 검사 수치 결과 2305. 이틀 만에 이렇게 수치가 뛰다니 병원에서도 놀라운 결과라 하셨다. 이전 피 검사 수치를 보고, 기대하지 않았는데 의사 선생님도 너무 반가워서 직접 전화를 하셨다고 했다.

그때의 기쁨과 감사란 말로 표현할 수가 없다. 너무 얼떨떨하고 믿어지지 않았다. 계속 눈물이 났다.

'내게도 기적이 왔구나, 하느님께서 내게도 은총을 베풀어 주셨구나.'

그렇게 우리 아기의 태명은 저절로 은총이가 되었고, 우리 부부는 다음날 바로 본당 신부님을 뵙고 견진 성사[33]를 받기로 하였다.

---

33 가톨릭의 7성사(聖事) 중 세례성사 다음에 받는 의식. 세례를 받은 신자가 성령(聖靈)의 은혜로 더욱 굳건한 믿음의 용사가 되게 하는 안수 의식

만일 그때 내가 병원의 말만 믿고 질정을 낳었다년, 너 이상 약을 먹지 않았다면 어땠을까. 이번에도 안 되었다는 절망 속에 눈물만 흘렸다면 어쩌면 결과는 달랐을지도 모른다. 그날 내게 일어난 일은 신앙적으로는 은총이지만, 하느님을 믿지 않는 분께는 희망의 힘이라 말하고 싶다. 끝까지 희망을 버리지 않았을 때, 감동과 치유의 힘으로 마음을 정화했을 때, 내게 찾아온 새 생명.

그렇게 나는 1년 2개월 만에 난임이라는 어둡고 긴 터널을 빠져나올 수 있었다. 이 세상 모든 일이 그렇듯 난임의 고통도 겪어보지 않은 사람은 모른다. 아이를 갖고 싶어 하는 부부들, 임신을 간절히 바라는 부부들이 어떤 마음으로 아이를 기다리는지 아마 상상도 할 수 없을 것이다. 때론 사람들이 던지는 말 한마디가 비수가 되어 가슴에 꽂히기도 했다.

'아이가 없어서 이해 못 하는 거 아니야?'

'아이가 없어서 부럽다.'

'너도 애 낳아서 키워봐. 얼마나 힘든데.'

주변의 사소한 말마저 나에게는 상처가 됐었다. 그때 생각했다. 힘들어도 좋으니 제발 아이가 생겼으면 좋겠다고.

그런데 정말이지, 힘들어도 너무 힘든 아이가 내게 찾아왔다. 소은이를 키우는 것은 난임 시술보다도 훨씬 더 힘들었다. 하느님이 내려 주신 아이는 어디서도 본 적 없는 초강력 슈퍼 예민함을 가진 아이였다. 나는 지금도 농담처럼 '소은이는 정말 강력한 유전자를 지녔고, 그랬기에 엄마에게 딱 달라붙어서, 세상에 태어날 수 있었던 게 아닐까'라고 말하곤 한다.

## 새로운 생명의 탄생

눈을 떴을 때 보인 것은 맞은편 환자의 침상에 내려진 흰색 커튼이 전부였다. 정신을 차리고 배를 내려다보니 커다랗게 부풀었던 배가 사라지고 없다. 배 속에 있던 아기가 드디어 세상에 태어난 것이다. 그 무렵 간호사가 아기를 데리고 나타났다. 내 딸과 처음 마주하던 순간. 아직도 그때 그 느낌을 잊을 수가 없다. 아기는 눈을 살포시 감고 있었고 생각보다 훨씬 더 작고 가냘팠다.

'아가야, 안녕! 네가 은총이구나!'

무사히 아기를 만났다는 안도감과 함께 뭔지 모를 뜨거운 감정이 왈칵 올라와 눈물이 내 볼을 타고 흘렀다. 간호사는 아기의 볼을 내 볼에 스치듯 대어주고 다시 아기를 데리고 사라졌다. 열 달을 기다려 만난 내 딸과의 첫 만남은 그렇게 짧고 강렬하게 끝이 났다.

얼마나 더 시간이 지났을까? 병실로 이동하기 위해 회복실 문이 열리고, 세상에서 나를 가장 사랑해 주는 두 사람이 거기에 서 있었다. 한 사람은 33년 전, 나를 이 세상에 있게 해 준 엄마였고, 다른 한 사람은 나와 함께 오늘 부모가 된 남편이었다. 초조한 두 사람의 얼굴을 보니 나를 얼마나 걱정하고 기다렸는지 알 수 있었다. 침대에 누워 남편과 엄마의 손을 꼭 붙잡으니 따뜻한 온기가 전해졌다. 얼음장같이 차가웠던 내 손과 발도 햇살에 눈 녹듯이 녹았다.

아기를 낳기 전에는 출산이 이렇게 힘든 것인지 미처 몰랐다. 생살을 찢는 것이 어떤 것임을 수술 전에는 가늠하지 못했다. 첫날은 무통 주사의 영향으로 그럭저럭 버틸만했지만 시간이 흐를수록 몸의 감각이 돌아왔다. 배가 너무 아파 자리에서 일어날 수도, 옆으로 돌아누울 수도 없었고, 가스가 나오기 전까지는 물 한 모금도 먹을 수가 없었다. 타는 목마름과 함께 복부에서 느껴지는 고통은 칼로 배를 쑤시는 듯했다. 아이를 낳기 전에는 아이 셋은 낳고 싶다고 큰소리를 쳤지만, 나는 그동안 내가 얼마나 자만했던 것인지, 생명의 무게를 간과한 것인지 돌아보지 않을 수 없었다. 이 세상의 모든 아이들은 그냥 태어나는 것이 아니라 이렇게 엄마의 희생 속에서 태어났고, 나 역시 그랬던 것이다. 엄마라는 위대한 이름을 얻기까지 인내와 노력이 많이 필요함을 새삼 느낄 수 있었다.

분만 3일째 되던 날 아침, 처음으로 일어나 걷기를 시도했다. 한 걸음 한 걸음 내딛는 것이 어찌 그리 힘든지, 통증으로 허리가 펴지지 않았지만 딸을 만나기 위해 이를 악물고 걸었다. 겨우 신생아실에 도착해서 아기를 만났는데 처음 마주했을 때 그 감격이 되살아나면서 또다시 눈물이 나왔다. 아직도 눈앞에 있는 아기가 내 아기라는 게 믿기지 않았다. 간호사가 아기를 내 품에 안겨 주었을 때 나는 어찌해야 할지 몰라 허둥대고 있는데 놀랍게도 아기가 내 가슴에 입을 갖다 대고 빠는 시늉을 하는 게 아닌가! 아기는 본능적으로 엄마 젖을 아는 것 같았다. 그 작은 생명이 엄마를 찾아 바둥거리는 것을 보니 가슴이 뭉클해졌다. 아직

젖도 나오지 않건만……. 그러나 기쁨의 순간은 오래가지 못했다. 그날 저녁 극심한 두통과 함께 혈압이 무섭게 올랐고, 결국 나는 몸 상태가 악화되어 당분간 모유 수유를 할 수 없게 되었다. 이런 경우는 흔하지 않지만 출산 후 임신 중독이 온 것이라 하였다. 나의 경우는 아기가 커서 예정일보다 한 주 앞당겨 수술을 한 것인데, 결국 미리 아기를 꺼낸 덕분에 위험한 순간을 피해 갈 수 있었다고 했다. 평생한 번도 느껴보지 못한 두통에, 이러다 머리가 터져서 죽는 게 아닐까 두려웠지만 그래도 아이를 아무 문제 없이 출산했다는 사실에 안도했다.

생각지 못했던 이벤트로 회복이 더뎠던 탓에 처음 계획했던 것보다 조리원에서 더 많은 시간을 보내야 했다. 결국 딸이 세상에 태어나고 몇 주가 지나고서야 우리 집으로 돌아올 수 있었다. 출산 가방을 싸고 병원으로 향하던 때는 찬 바람이 쌩쌩 불던 차가운 겨울이었건만, 딸과 함께 집으로 돌아올 때는 어느새 봄이 성큼 다가와 있었다. 나무에는 봄을 알리는 새순이 돋아나고, 바람도 솜털같이 부드러웠다. 그리고 내 마음에도 나의 아기 '소은'이라는 봄이 와 있었다. 그때 일기를 지금 다시 꺼내 보니 감회가 새롭다.

추운 겨울이 가고 봄이 오듯, 임신과 출산이라는 만만치 않은 시간들을 겪고 봄날 같은 딸을 얻었다. 앞으로 '육아'라는 또 하나의 큰 산이 기다리고 있지만 그 산을 오르는 것이 결코 힘들지 않을 것이다. 든든한 남편과 사랑하는 내 딸 소은과 함께이기 때문에. 우리는 이제 함께할 것이다. 봄과 여름, 그리고 가을과 겨울을.

일기 속 당시 나의 바람과는 달리 실제 육아의 산은 내게 너무 험난하고 가팔랐다. 하지만 든든한 남편과 사랑하는 딸이 함께 있다는 사실은 지금도 변함이 없다. 혹독한 겨울을 보내고 다시 또 봄이 찾아온 것도.

# 봄날 같은 사람[34]

- 사랑하는 내 딸에게 -

봄날 같은 사람이 되렴.

긴 겨울 추위를 이겨내고
꽃망울이 터지듯
어둠 속에서도 환하게 꽃피는
봄날 같은 사람이 되렴.

차갑게 얼어붙은 마음도
단단히 닫혀버린 빗장도
햇살에 눈 녹듯이 녹이는
봄날 같은 사람이 되렴.

촉촉한 봄비가 메마른 땅을 적시듯
사랑은 가문 마음을 적시고
나무에 새 살이 돋아나듯
사랑은 상처를 치유한단다.

---

34 소은이가 태어났을 때 아이가 봄날 같은 사람이 되었으면 하는 마음을 담아 지은 시

사랑하는 내 딸아,
너는 봄과 같이 따뜻하고 온유하며
사랑하는 사람이 되거라.

설레고 가슴 뛰는 사람
봄날 같은 사람이 되렴.

## 작은 새[35]

어느 날,
작은 새 한 마리
내 품에 날아들어

솜털처럼 보드라운 뺨을
내 가슴에 부비고
앵두같이 도톰한 입술을
내 가슴에 파묻는다.

파닥파닥 힘차게 뛰는 심장은
내 심장을 뛰게 하고

새근새근 내뱉는 따뜻한 숨결은
나를 새롭게 숨쉬게 하네.

생글생글 웃는 까만 눈동자
내 입가에 미소를 머금게 하고

---

35 소은이가 갓난 아기였을 때 내 품에서 젖을 빠는 아이가 얼마나 사랑스러웠는지, 모유 수
유를 하며 느꼈던 감정을 표현한 시

바둥바둥 날개짓 하는 작은 손은
내게 이리 오라 손짓하네.

지금은 내 품에
둥지를 틀었지만
언젠가 너는 세상을 향해
힘차게 날아갈테지.

그때까지 내가 너의
둥지가 되어 주마.

그때까지 내가 너의
그늘이 되어 주마.

사랑하는 아가야
훨훨 날개를 펴렴.

# 유난히 예민했던 아이

소은이는 기질적으로 예민함을 타고난 아이였다. 모든 육아가 힘들고 어렵겠지만 예민한 기질을 타고난 아이의 육아가 특히 힘든 것은 아이를 둘러싼 일상의 모든 것이 순조롭게 이루어지지 않기 때문이다. 예민한 아이는 자극에 대한 반응이나 감각이 지나치게 날카롭기 때문에 어느 하나 쉽게 넘어가는 것이 없다.

쉽게 말하면 순한 기질의 아이가 잘 먹고, 잘 자고, 잘 싸고, 잘 노는 것에 반해 예민한 기질의 아이는 잘 먹지 않고, 잘 자지 않고, 잘 싸지 않고, 잘 놀지 않는다. 특히 어린 아기들은 의사 표현을 울음으로밖에 못하므로 종일 울고, 아무리 노력해도 쉽게 달래지지 않는다. 매일 신경질적으로 보채는 아이를 키우며 엄마의 몸과 에너지는 모두 바닥이 난다. 그렇기에 우리에게는 365일 매 순간이 원더 윅스[36]였다.

소은이는 갓난 아기 때부터 소위 말하는 '등 센서'가 있었다. 등이 바닥에 닿으면 자지러지게 울어서 바닥에 내려

---

[36] 원더 윅스wonder weeks란 아기가 정신적으로 성장하는 시기를 가리키는 말로, 육아의 입장에서는 더 많이 울고 보채는 과정에서 부모를 가장 힘들게 하는 때를 말한다.

놓을 수가 없었다. 그렇게 시작된 '등 센서'는 24시간 꺼지지 않았고 심지어 잠을 잘 때도 계속되었다. 남들이 말하는 대로 아이를 안아 주지 않고 바닥에 두고 울려 보기도 했다. 그러면 아이는 몇 시간이고 울었다. 육아서에서는 그러다 지쳐서 울다 잠든다고 했지만 현실은 달랐다. 수면 교육을 한답시고 밤새도록 아이를 울린 날, 아이는 너무 울다 목이 쉬고 열이 나서 우리는 다음날 아침 소아과로 달려가야만 했다. 몇 번을 반복해도 결과는 달라지지 않았다.

13개월까지 엄마 젖을 먹으며 잠이 들었던 아이는 엄마의 젖꼭지가 입에서 떨어지면 그걸 귀신같이 알고 바로 울었다. 어쩔 수 없이 아이를 부둥켜안고 움직이지 못한 채 누워있기 일쑤였다. 그러다 보니 늘 허리가 아팠고, 결국 척추측만증[37]이 왔다. 이렇게 힘들게 재워도 끝난 것이 아니었다. 소은이는 한 번 잠들면 아침까지 보통 열 번은 깨서 울었다. 그럴 때마다 남편과 나는 번갈아가며 아이를 안거나 업어서 재웠다. 13개월 동안 정말 단 한 번을 누워서 스스로 잠든 적이 없었다. 아이를 재우기 위해서는 밤이건

---

37 본래 척추는 앞에서 보면 일직선으로 곧게 뻗어야 하는데 척추가 틀어지고 휘어져 정면에서 볼 때 S자의 굽은 형태가 되는 것

낮이건 아이를 포대기로 업거나 아기띠로 안아야 했다. 그것도 안될 때는 유모차나 카시트에 태워야 잠이 들었다. 소은이를 재우기 위해 새벽마다 아파트 단지를 유모차로 빙빙 돌고, 비가 오거나 눈이 오면 차를 몰고 밤거리를 헤맸다. 이런 비정상적인 삶이 지속되면서 우리 부부는 점점 만신창이가 되어갔다. 머리부터 발끝까지 성한 곳이 없었다. 매주 토요일이 되면, 남편과 나는 번갈아가며 병원에 가서 도수 치료를 받으며 겨우 한 주를 또 버텼다.

이 문제를 해결하기 위해 수면 교육으로 유명한 육아 서적들을 안 읽어본 게 없었고, 전문가에게 수면 상담까지 받아보았지만 모두 헛수고였다. 결국 생후 20개월까지 길에서 아이를 재웠다. 그 힘든 시간은 결국 집을 옮기고서야 끝이 났다. 밤마다 나갈 때까지 악을 쓰며 울던 소은이가 이사를 하고 밤에 누워서 자기 시작한 것이다. 20개월 만에 일어난 기적이었다. 잠자리가 바뀌자 아이는 거짓말처럼 울지 않았다. 나가자고 악을 쓰지도 않았다. 참으로 이상하고 신기한 일이었다. 우리의 상황을 잘 알던 지인들은 우스갯소리로 집터가 안 좋았던 게 아니냐고 할 정도였으니. 나중에 예민한 아이에 대한 육아법 책을 쓰면서 비로소 그 이유를 알게 되었다. 예민한 감각을 지녔던 소은이에게 우리 집 안방의 수면 환경은 맞지 않았던 것이다.

여기서 예민한 아이의 이야기가 끝났더라면, 내가 예민한 아이에 대한 육아서까지 내는 일은 없었을지 모른다. 이사를 하고 아이가 28개월쯤 되었을 무렵, 어린이집에 가면서 우리 가정의 불행이 시작되었다. 첫 기관에 보낸 지 일주일 만에 아이가 어린이집에서 부적절한 돌봄을 받고 돌아오면서, 일상이 파국으로 치달았다. 트라우마를 겪은 아이는 여러 가지 감각 조절 문제를 보였고 분리 불안이 심해 정상적인 생활이 불가했다.

아이에게 온 가장 큰 변화는 외부에서 들려오는 소리에 지나치게 민감하게 반응하는 것이었다. 아이는 조금만 큰 소리가 들려도 공포심을 느끼고 두려움에 떨었다. 엘리베이터를 탈 수도 없었고, 주차장 같은 밀폐된 공간을 극도로 무서워했다. 낯선 사람을 만나면 마치 무서운 괴물이라도 보는 것처럼 소리를 질렀고, 익숙한 사람에게도 눈을 마주치지 못했다. 이쯤 되니 나조차도 외출하는 것이 두려웠다. 하지만 집에 있다고 해서, 괜찮은 것이 아니었다. TV 광고를 무서워해서 TV를 켤 수 없었고, 관리 사무소에서 나오는 방송에도 자지러졌다. 물을 무서워해서 손을 씻지도, 머리를 감지도 못했다. 잠을 자는 게 무서워서, 매일 밤 울고 소리를 지르는 일이 반복되었다.

당시에는 소은이가 왜 이런 행동을 하는지 알 수 없어 정말 힘이 들었다. 나중에 책을 쓰기 위해 예민한 아이에 대해 깊이 있게 공부하면서 당시 아이가 보이던 모든 문제의 정체가 밝혀지기 시작했다. 바로 과도한 스트레스로 다양한 감각에서 방어 기제가 일어난 것이다. 예민한 아이들 중에는 감각이 섬세하게 발달한 경우가 많은데 소은이에게는 그날의 불안이 감각 처리를 하는 데 있어 문제를 일으켰다. 이러한 것을 전문 용어로 감각 통합[38]이라 하며, 소은이는 일시적으로 감각을 조절하기 어려운 상황에 놓인 걸로 해석된다. 하지만 그때는 이런 것들에 대해 전혀 몰랐고, 우리 부부가 할 수 있는 최선은 아동 심리 발달 센터에서 미술 치료와 놀이 치료를 받으며 아이의 마음을 보듬어 주는 것뿐이었다.

아이는 반년이 지나도 정서적으로 계속 불안한 상태가

---

38 자신의 신체와 환경으로부터 주어지는 감각들을 조직화하고 그 환경 속에서 신체를 효과적으로 사용할 수 있도록 하는 신경학적 과정이다. (에이리스, 1989)

지속되었다. 결국 육아 휴직 기간이 끝나면서 할 수 없이 직장에 복귀하며 그렇게 육아와 직장을 병행하는 고된 워킹맘의 생활이 이어졌다. 이대로는 못 살겠다는 생각이 들었던 무렵 유방암을 진단받았다. 그때 나는 고작 38세였다.

아이러니하게도 나를 살린 건 암이었다. 《암은 병이 아니다》의 저자인 안드레아스 모리츠는 "암이 나를 아프게 하는 것이 아니라, 아프기 때문에 암이 생기는 것이다."라고 말했다. 암은 우리를 죽게 하는 병이 아니라 내 몸이 살기 위해 보내는 신호라는 것인데, 그 말이 적어도 나에게는 맞는 말이었다. 나는 다행히 늦지 않게 그 신호를 발견했고 당장 교사로서의 삶을 멈추었다. 그렇게 아이 곁에 있게 되자 마법처럼 아이가 좋아지기 시작했고, 나도 전보다 행복하고 편안한 상태에 이르렀다.

예민한 아이를 키우며 힘들었던 이야기는 나의 또 다른 책 《예민한 아이는 처음이라》[39]에 모두 담았다. 원고를 완성하기까지 16개월의 시간이 걸렸다. 유방암 환우 에세이를 쓰며 암을 극복한 것처럼, 예민한 아이를 키우던 경험을

---

39 강진경, 42미디어콘텐츠, 2023.

글로 풀어내며 육아로 인해 상처받은 지난날을 치유하고 싶었다. 또한 평범하지 않았던 나의 육아가 그저 힘들었던 기억으로 남지 않고, 비슷한 상황에 처한 누군가에게 도움이 되고 싶다는 간절한 마음의 결과이기도 하다.

예민한 아이를 키우며 몸도 마음도 참 오랜 시간 힘들었지만 시간이 흐르며 모든 게 정상으로 돌아왔다. 이제 아이는 여느 아이처럼 감각을 받아들이고 처리할 줄 안다. 그뿐 아니라 어딜 가나 야무지게 자신의 역할을 해내는 밝고 씩씩한 아이가 되었다. 결국 아이를 믿어 주고 아이가 편안해할 환경을 찾아 제공하면 아이는 그 속에서 자신의 빛깔을 더 선명하게 드러내며 꽃을 피운다.

## 아기를 재우며[40]

내 팔이 단단한 무쇠였다면
네가 원하는 만큼
한없이 널 안아주었을텐데

내 등이 튼튼한 강철이었다면
네가 원하는 만큼
한없이 널 업어주었을텐데

내 품에 안겨 쌔근쌔근 잠든 너를 보며
연약한 나의 몸을 원망해 보지만

네가 원하는 건 딱딱한 무쇠가 아닌
포근한 엄마 팔
네가 바라는 건 차디찬 강철이 아닌
따뜻한 엄마 등

내 등에 기대 어느새 잠든 너를 보며
엄마의 입가엔 어느새 미소가 돈다.

---

40 소은이가 13개월 정도 되었을 때, 아기를 재우며 떠오르는 생각들을 적은 시다. 아이를
계속 안고, 업으면서 신체적으로는 힘들었지만 잠든 아이의 얼굴을 보면 그 힘듦이 잠시
나마 사라지곤 했다.

# 천사의 얼굴[41]

잠든 너의 얼굴은
천사의 얼굴
세상에 이토록 고운 얼굴이 또 있을까!

가지런한 눈썹
반들반들 윤이 나는 귀여운 콧방울
발그레한 두 볼은 복숭아처럼 탐스럽고
오물오물 움직이는 입술은 앵두같이 어여쁘다.

땀에 젖은 머리칼을 향해
후후 입김으로 시원한 바람을 불어본다.

꼼지락 꼼지락거리는 손가락을
살포시 잡았다 놓아본다.
두 눈을 반짝
천사가 나를 보고 방긋 웃네

30분의 마법

---

41 아이가 13개월 정도 되었을 때, 잠든 아이를 바라보며 지은 시이다. 아이가 자는 시간이
   유일한 휴식 시간이었는데 아이는 늘 30분만 되면 몸에 알람 시계를 켜둔 것처럼 잠에
   서 깼다.

# 첫눈[42]

내 인생에서 처음 만난 눈은 언제였을까? 아이를 키우다 보면 문득 나의 처음은 어땠을까 궁금해질 때가 있다. 우리는 처음의 기억들을 자주 잃어버린다. 태어나 처음 뒤집기를 한 날, 첫 걸음마를 한 날, 처음 '엄마' 하고 말한 날. 어떤 위대한 인간이라도 그런 것들을 기억할 순 없으리라. 자신은 기억하지 못하지만 다른 누군가는 그 모든 순간을 기억하고 추억할 수 있겠지. 그 이름은 바로 '엄마'.

'엄마! 나는 언제 처음 눈을 보았어?'라고 먼 훗날 소은이가 물어본다면 나는 이 글을 더듬더듬 찾아 보여주고 싶다. 우리의 기억은 옅어지지만 글은 영원히 남아 있으니, 할 수만 있다면 소은과 함께하는 모든 순간들을 기록하여 활자로 새기고 싶다. 우리의 행복했던 기억도, 슬펐던 기억도 시간이 흐르면 퇴색되기 마련이니까. 소중한 순간을 사진처럼 찍어 영원히 간직하고 싶다면 욕심인 걸까?

다음 주면 돌을 앞둔 소은이가 오늘 처음으로 하늘에서 내리는 눈을 만났다. 2018년 2월 22일, 나의 천사 소은이가 세상에 태어난 이후 처음 세상에 쌓인 함박눈. 조리원을 나와 집에 돌아왔을 땐 계절은 이미 봄이 되어 봄바람이 살랑 살랑 불고 있었고 올해 겨울은 유난히 따뜻하여 눈 구경을 하기 어려웠다. 내가 사는 동네에 딱 한 번의 눈이 왔는데 밤새 살짝 내리다 이내 흩어져 버려 아쉬웠던 기억이 난다. 그래서일까, 펑펑 내리는 눈이 유독 참 반가웠다.

---

42 아이가 돌이 되었을 즈음, 태어나 처음으로 눈을 만져본 날의 감흥을 적었다. 촉각이 예민했던 아이의 모습을 엿볼 수 있다.

"소은아, 우리 눈 보러 갈까?"

강아지처럼 깡충깡충 뛰며 좋아하는 아이의 모습을 상상했건만, 아이는 처음 보는 눈이 낯선지 주저주저하다 발걸음을 옮긴다.

"소은아, 우리 눈 밟아볼까? 뽀드득, 뽀드득. 예쁜 소리가 나!"

한 발, 한 발 내딛는 조심스러운 발걸음. 그렇게 하얀 눈밭에 소은이의 발자국이 남는다. 작고 앙증맞은 발자국. 그렇게 소은이는 한 발 한 발 세상을 향해 나아가겠지. 하얀 종이에 검은색 글자처럼 뚜벅 뚜벅 걸어갈 것이다.

"소은아, 우리 눈 만져볼까?"

소은이가 조심스레 손을 내민다. 고사리 같은 손으로, 단풍잎 같은 작은 손으로 솜사탕같이 흰 눈을 만져본다. 처음 만져보는 눈. 차가운 감촉. 찡그린 얼굴. 미간을 찌푸리더니 울음을 터트리고 만다. 그리고 바로 나를 향해 내미는 두 팔.

"안아달라고? 그래, 우리 소은이가 눈이 차가웠구나!"

나는 딸아이를 번쩍 안아 내 품에 안았다. 찬 바람에 얼음장같이 얼어붙은 내 손도 소은을 안으니 햇살처럼 따뜻해졌다.

그렇다. 아이는 이렇게 처음 눈을 밟는 심정으로 세상을 향해 나아갈 것이다. 때 묻지 않은 마음으로 걷다가 때로는 내게 안겨 울고, 때로는 뒤도 돌아보고, 언젠가는 뒤도 돌아보지 않고 가버릴지도 모르겠다. 나는 소은이가 이 세상 모든 것과의 첫 만남을 기억하고 소중하게 여겼으면 좋겠다. 오늘 소은이가 만난 새하얀 첫눈처럼. 첫 만남이 조금은 낯설고 두려울지라도 계속 걸어 나갔으면 좋겠다. 그리고 그 길에 언제나처럼 엄마가 두 팔 벌려 서 있다는 믿음을 주고 싶다.

*2019년 2월 중순, 소은이의 첫눈이 오던 날.*

엄마의 시 5

## 달님 안녕, 우리도 안녕 [43]

구름이 달님을 가릴 땐 찡그렸다가
달님이 쏘옥 얼굴을 내밀면
그제야 입가에 미소가 번진다.

마침내 달님 혼자 빙그레 웃을 때
세상에서 가장 큰 선물을 받은 듯
행복하게 웃는 너의 얼굴

달님 안녕
열심히 손을 흔들며
배시시 웃는다.
책장을 덮는다.

끝난 줄 알았지?
메롱하고 나타난 달님

달님이 메롱하면
너도 메롱하고

---

43 소은이가 18개월 무렵, 엄마와 그림책 놀이하며 행복했던 순간을 시에 담았다. 《달님 안녕》은 아이가 어릴 때 매일 자기 전 읽어주었는데 어린 소은이가 가장 좋아하던 그림책이다.

그 메롱에
엄마도 메롱하고

마주 보며 낄낄
너와 나의 행복한 시간

세 살 아기와
서른을 훌쩍 넘은 엄마의
다시 못 올 빛나는 순간

그림책이 주는 작은 행복
달님 안녕, 우리도 안녕.

# 달님 안녕[44]

새벽 2시.

오늘도 잠 못 이루고 기어코 울음을 터트리는 17개월 딸아이를 재우려 유모차를 밀고 밖으로 나간다. 8월 14일, 한여름 도시의 새벽은 마치 정글에 와있는 것처럼 습하고 무더웠다. 정글 또는 밀림. 더운 지방에 자리 잡은 빽빽한 숲. 호랑이, 악어, 코끼리나 독사 같은 동물이 살고 있단다. 그렇구나. 나는 실제로 정글에 가본 적은 없지만 정글이 있다면 분명 이런 느낌일 게다. 좀 더 현실적으로 비유를 하자면 도시 전체가 찜질방의 습식 사우나 속에 있는 듯 무덥고 습했다. 어디선가 습기를 잔뜩 머금은 바람이 불어와 딸아이의 흠뻑 젖은 머리칼을 스친다. 집에서 눈물바람이던 아이가 활짝 웃는다. 언제 울었냐는 듯 눈부시게 웃는다.

그 모습이 얼마나 예쁘고 사랑스러운지. 그 미소를 볼 수 있게 해 준 바람이 고마워 바람이 부는 곳을 따라가자 그 길의 끝에는 달님이 서 있었다. 계란 노른자처럼 샛노랗고 동화책 속에서 방금 나온 것처럼 동그란 보름달. 그랬다. 깜깜한 밤중에 딸아이의 얼굴을 환하게 비춰준 것은 달님이었다. 고마운 것이 바람 말고 또 있었구나.

유모차를 세우고 아이에게 말을 건넨다.

"소은아, 저기 하늘 위에 달님 보이지? 나무 뒤에 건물 위에 달님이 나와있지?

---

44 소은이가 18개월 아기일 때, 유모차로 아이를 재우며 핸드폰 메모장에 적었던 글이다. 당시 아이를 밖에서 재우던 우리 부부의 모습이 생생히 담겨있다.

달님 안녕!"

안녕이란 말이 끝나기가 무섭게 소은이가 손을 흔든다. 달님에게 열심히 열심히 손을 흔든다. 달님이 그 인사를 받아줄 때까지.

그때 바람을 타고 구름이 달님 앞을 지나갔다. 나는 그만 놓칠세라

"구름 아저씨, 안돼요! 달님이 안 보이잖아요" 하고 소리쳤다.

"미안 미안, 잠깐 달님과 이야기했지! 그럼 안녕~"

구름 아저씨의 대사가 끝나자마자 다시 달님이 빼꼼 얼굴을 내민다. 그 모습이 그림책에서 보던 달님과 꼭 닮아 나도 모르게 얼굴에 미소가 번졌다. 책 속에서만 보던 달님이 눈앞에 나타나자 딸아이도 신이 나서 연신 손을 흔들고 엄마도 덩달아 "달님, 안녕!"을 외치며 신이 난 한 여름날의 밤. 아빠는 모기에 물렸다며 투덜대고 매미들은 요란하게 울어대고 달님은 딸아이가 잠이 들 때까지 우리를 환히 비춰주었다.

모두가 잠든 밤이라 생각했지만, 바람과 달님과 매미와 모기와 우리는 깨어 있던 아름다운 밤. 그렇게 또 하나의 추억을 새기고 달님에게 인사를 건네 본다.

달님 안녕.

*2019년 8월 14일 무더웠던 한여름 밤.*

# 3장

아이의 말,
아이의
사랑

모든 아이는 말한다.

그러나 모든 엄마가 쓰는 것은 아니다.

아이가 말한 것을 기록하다 보면,

아이의 마음을 다시 들여다보게 되고,

아이에게 내가 어떻게 대꾸했는지,

어떤 대화를 이어나갔는지 좀 더 객관화해서 보게 된다.

# 1

## 아픈 엄마를 일으켜 세웠던 아이의 말

아이와 대화를 나누다 보면 내가 아픈 엄마라 마음 찡한 순간들이 있다. 그러나 그 순간에 드는 감정에 이름표를 붙인다면 슬픔이나 불안 같은 부정적인 감정이 아니라 살아야겠다는 의지, 평생 아이를 지켜주겠다는 강렬한 다짐, 아이를 향한 애틋한 마음이다. 여기에는 내가 아픈 엄마이기에 드는 생각들, 하지만 아이로 인해 위로받고, 치유되는 순간들, 아픈 엄마를 일으켜 세우는 아이의 말들을 모았다.

## 아기 토끼와 아기 사자의 나뭇잎 편지

…… ……

아이가 슬며시 단풍잎을 하나 주워서 내게 내밀었다.

"아기 사자야. 너 아직도 쭈쭈 아파?"

"응, 아직 조금 아파."

"그럼 병원 가서 나 보고 싶을 때 이거 봐."

…… ……

첫눈이 오고, 날씨가 추워졌다. 등원하는 아이에게 분홍
색 토끼 모자를 씌워주었더니 자기는 토끼라며 깡충깡충
뛰며 좋아했다.

"우리 오랜만에 걸어가 볼까?"

"응! 좋아!"

아이와 길을 나섰다. 찬바람이 불어와 나는 외투에 달린
털모자를 뒤집어썼다. 그런데 갈색빛 풍성한 털이 꼭 사자
의 갈기처럼 보였나 보다.

"엄마, 그거 쓰니까 꼭 아빠 사자 같아!"

"어흥! 엄마는 사자다!"

"꺅! 엄마 무서워."

"그럼 아빠 사자 말고, 아기 사자 할까?"

"좋아! 나는 아기 토끼고, 엄마는 아기 사자야."

우리는 아기 토끼와 아기 사자가 되어 나란히 손을 잡고 걸었다. 아이가 앙상한 겨울 나무들을 바라보며 말했다.

"아기 사자야. 나무들은 춥겠다."

"왜?"

"나무들은 옷을 다 벗고 있잖아. 우린 입고 있는데."

"그러게. 겨울이라 잎이 다 떨어져서 나무들은 춥겠다."
모든 아이들은 시인이라더니, 아이가 세상을 바라보는 눈은 시인의 눈과 닮아있다. 그때 아이가 황급히 소리쳤다.

"아기 사자야! 저기 코스모스가 있어!"

"어디?"

첫눈이 벌써 내린 이 추운 겨울에 꽃이 남아있을 리 없다고 생각한 나의 예상을 깨고, 아이가 가리킨 곳에는 앙상한 나무에 분홍빛 꽃 두어 송이가 애처롭게 매달려 있었다.

"정말 꽃이 피었네? 그런데 이건 코스모스가 아니고 철쭉 같은데? 진달래인가?"

철쭉이든 진달래든 봄에 피는 꽃 아닌가? 나는 철쭉이라 말하면서도 이 겨울에 꽃이 피어있는 게 신기하여 꽃을 만져 보았다. 혹시나 누가 나뭇가지에 올려둔 게 아닐까 의심을 하면서. 그러나 놀랍게도 꽃은 찬 바람을 이겨내고 가지에 대롱대롱 매달려 있었다. 코스모스도 모두 저버린 11월 중순에 철쭉이라니.

"아기 사자야, 꽃 너무 예쁘다. 이 꽃은 안 추운가 봐."

"그러게 말이야. 정말 신기한 꽃이다."

나는 아이가 발견한 꽃을 한참 바라보며 잠시 생각에 잠겼다. 이렇게 모진 찬 바람을 이겨내고도 연약한 꽃잎이 아직 살아남아 있다니. 주변은 온통 말라 비틀어진 나뭇잎이 가득한데 저 꽃의 생명력은 어디서 오는 걸까? 나는 문득 저 꽃과 같은 사람이 되고 싶어졌다. 암이라는 무시무시한 녀석이 나를 괴롭혀도 지지 않고, 저 꽃처럼 꿋꿋하게 피어있고 싶었다. 그때 아이가 다시 소리쳤다.

"빨간 열매다!"

"어디?"

아이가 뛰어간 곳엔 이름 모를 빨간 열매가 가득 피어있었다. 잎이 이미 다 떨어져 버린 나뭇가지에 무수히 많은 빨간 열매들이 주렁주렁 달려있었다. 피부에 와닿는 바람은 이미 겨울이었지만, 아직 가을의 온기가 남아있는 걸까. 저 빨간 열매들은 혹독한 칼바람 속에서 어떻게 살아있는 걸까.

하늘을 올려다보니 나무 사이로 울긋불긋 단풍잎이 보인다. 절반은 나뭇가지에 매달린 채, 절반은 지상에 내려온 채 하늘과 땅을 노랗게 빨갛게 물들이고 있었다.

내가 잠시 하늘을 바라보고 있을 동안 아이가 슬며시 단풍잎을 하나 주워서 내게 내밀었다.

"아기 사자야, 너 아직도 쭈쭈 아파?"

"응, 아직 조금 아파."

"그럼 병원 가서 나 보고 싶을 때 이거 봐."

순간 눈물이 핑 돌았다. 아이가 어린이집에 가 있는 동안 나는 병원에 가곤 했는데 '엄마가 병원 다녀와서 데리러 갈게.'라고 했던 말이 아이에게는 마음속 깊이 남았나 보다.

"그리고 나도 하나 주워서 줘. 나도 어린이집에서 너 보고 싶을 때 이거 볼게."

나는 아이를 닮은 예쁜 단풍잎을 하나 주워 건넸다. 아이가 빙그레 웃는다. 우리는 서로가 보고 싶을 때 단풍잎을 꺼내 보기로 약속하며 마주 보고 웃었다.

가을의 끝자락과 겨울의 초입이 공존하고 있던 아침. 바람은 차가웠지만 마음이 포근해지는 것은 기분 탓일까. 나는 아이를 어린이집에 데려다주고 돌아오는 길에 동네를 거닐며 아이에게 선물할 나뭇잎들을 주웠다. 나뭇잎을 쥔 손가락이 얼어붙을 것처럼 시렸지만 이걸 보고 좋아할 아이의 얼굴을 떠올리니 흐뭇했다. 그리고 아이에게 참으로 고마웠다. 아이가 아니었다면 이렇게 예쁜 가을이 우리 곁을 떠나고 있는 것도 모를 뻔했다. 더 늦기 전에, 낙엽이 모두 사라지기 전에 가을을 자세히 볼 수 있게 되어 다행이었다. 그리고 깨달았다. 아이가 오늘 내게 선물한 것은 나뭇잎 한 장이 아니라 가을 그 자체였음을. 아이와 주고받은 나뭇잎 편지는 오래도록 내 마음속에 소중한 추억으로 간직될 것이다.

## 아빠가 병원 다녀온 날

… …

"아빠, 내가 얼마나 걱정했는 줄 알아? 아빠도 엄마처럼 아플까 봐."

… …

남편이 병원 진료를 보고 온 날, 저녁을 먹던 소은이가 아빠에게 물었다.

"아빠, 괜찮아? 아빠도 주사 맞았어?"

"응, 아빠 괜찮아."

"아빠, 내가 얼마나 걱정했는 줄 알아? 아빠도 엄마처럼 아플까 봐. 내가 얼마나 걱정했다고."

45개월, 이제 고작 네 살인데 못 하는 말이 없다. 하루 종일 아빠와 떨어져 있던 아이의 속마음은 저랬구나. 꼬맹이가 벌써 부모 걱정을 하다니 신통방통하면서도 애틋한 마음이 드는 것은 왜일까. 어린이집 끝나고 밖에서 엄마와 몇 시간을 실컷 놀면서, 아빠 이야기는 한 마디도 꺼내지 않아서 아이가 아빠 걱정을 하고 있는 줄은 몰랐었다. 그런데 아이는 우리가 생각한 것보다 훨씬 속이 깊었다. 게다가 '엄마처럼 아플까 봐'라니. 그 말이 콕콕 내 마음을 후벼 팠다. 아이는 엄마의 병이 어떤 것인지는 가늠하지 못하지만, 엄마가 아파서 학교에 가지 못한다는 사실을 알고 있었다. 더 이상 자신을 두 팔로 안아 올릴 수 없다는 것도 너무 잘 알고 있었다.

유방암 수술 후 오른쪽 팔로는 무거운 것을 들어선 안되기에 예전처럼 아이를 안아 올리는 것이 금지되었다. 감시 림프절을 떼낸 사람은 부종을 방지하기 위해 수술한 팔은 정상인처럼 사용해선 안 된다. 평생 주사를 맞아서도 안 되고, 혈압을 잴 수도 없다. 한 번 부종이 생기면 치료가 힘들기 때문에 늘 조심해야 한다. 아이 입장에서는 그게 속상하고 서운했을 법도 한데 단 한 번도 그걸로 칭얼댄 적도, 안아달라고 떼를 쓴 적도 없었다. 신기한 일이었다. 만일 아이가 예전처럼 안아달라고 표현했다면 나는 매우 상심했을 것이다. 수술하고 나서 가장 속상한 것 중 하나가 아이를 번쩍 들어 안을 수 없다는 사실이었기 때문이다. 그래서 만일 아이가 속상한 마음을 내게 조금이라도 비췄다면 내 마음은 더 아팠으리라. 그런데 기특하게도 소은이는 그런 걸로 내 마음을 아프게 한 적이 없었다. 더 이상 엄마가 안아 줄 수 없다는 걸 어린 나이에도 바로 수용한 것이다.

갑자기 몇 시간 전 아이를 야단친 게 미안해졌다. 엄마 말 안 듣는다고 눈물이 쏙 나도록 혼을 내고, 나대로 아이에게 서운한 마음이 들었었는데 아이는 오히려 아빠를 걱정하고 있었다니. 엄마도 아픈데 아빠까지 아프다고 하니 아이에게는 아빠가 병원에 간다는 것이 얼마나 큰일이었겠나.

아프고 나서 달라진 게 또 하나 있다. 바로 소은이의 장래 희망이다. 예전에는 직업에 관한 그림책을 보며 소은이에게 커서 뭐가 되고 싶냐고 질문을 하면 늘 대답이 바뀌었다. 그런데 내가 아프고 난 뒤로 소은이의 장래 희망은 의사로 고정되었다. 먼저 물어보지 않아도 의사가 되어 엄마를 고쳐 주겠다고 입버릇처럼 말하는 아이. 갑자기 책을 펴고 공부하는 흉내를 내더니 열심히 공부해서 의사가 될 거라 말한다. 그럴 때마다 나는 그렇게 말하는 아이가 고맙고 기특하면서도 한편으로는 마음이 아팠다. 어린 소은이에게 엄마가 아프다는 것은 어떤 의미였을까. 혹시 엄마가 사라질까 봐 겁이 나진 않았을까?

어려서부터 공주 동화를 좋아하는 소은이는 세 살 때부터 세계 명작 동화나 디즈니 전집에 나오는 공주 동화책을 읽었다. 그런데 거기에 나오는 주인공들은 공교롭게도 어러서 엄마를 여의고 계모와 함께 산다. 신데렐라는 어려서 부모님을 잃고 계모와 언니들에게 구박을 당한다. 백설공주도 어려서 어머니를 잃고 계모인 왕비에게 죽임을 당할 뻔하고, 〈백조 왕자〉에 나오는 엘리사도 마찬가지이다. 헨젤과 그레텔도 계모에게 쫓겨나고, 인어공주는 애초에 어머니가 등장하지도 않는다. 이 이야기에 공통적으로 나타나는 것은 모두 '어머니의 부재'이다.

우리나라 전래 동화도 크게 다르지 않다. '콩쥐팥쥐'에서는 어머니가 일찍 돌아가신 후 계모에게 구박을 당하는 주인공의 이야기가 나오고 심청이의 어머니도 일찍 돌아가셨다. 동서양을 막론하고 마치 어머니의 부재가 주인공이 겪는 첫 번째 시련의 공식이라도 되는 듯 어쩜 이렇게 똑같은 레퍼토리를 가지고 있을까.

아프기 전에는 이런 이야기를 들려주는 것이 아무렇지 않았다. 아이가 "백설공주 엄마는 왜 하늘나라에 갔어? 신데렐라 엄마는 왜 돌아가셨어?"라고 물을 때마다 "엄마가 아파서 돌아가신 거야, 엄마가 아파서 하늘나라에 갔대."라고 무심히 대답하곤 했다. 그런데 지금은 동화책을 읽어 줄 때마다 마음이 조마조마하다. 혹시나 아이가 엄마가 아픈 것을 하늘나라에 가는 것으로 연상할까 두려웠다. 은연중 아이의 마음속에 엄마가 하늘나라에 갈까 불안한 마음이 녹아들까 겁이 났다. 한 번도 직접 말을 하지는 않았지만 역할극을 하다 보면 아이가 자신은 '아기 물고기'이고, 엄마 아빠는 돌아가셨다고 말할 때가 있는데 그럴 때마다 가슴이 철렁하곤 했다. 동화책을 많이 본 영향인지, 아이의 잠재의식 속에 엄마의 아픔이 불안으로 나타난 것인지 알 수는 없지만 그럴 땐 마음 한 구석이 콕콕 쑤신다. 부디 엄마의 과도한 걱정이길.

　다행히 아이는 요즘 어느 때보다 밝고 명랑하다. 비록 아픈 엄마이지만 엄마가 직장에 가지 않고, 오랜 시간 아이 옆에 있다는 것이 아이에게는 꽤나 안정감을 주는 것 같다. 소은이가 엄마, 아빠로 인해 걱정하는 일이 없도록 우리 부부의 건강을 챙겨야겠다. 우리 부부 모두 건강하게 오래오래 소은이 곁에 있을 수 있기를 나는 오늘도 간절히 소망한다.

## 나이 먹는 게 마냥 신나는 다섯 살

... ...

"소은아, 언니 되는 게 그렇게 좋아?"

"응, 좋아! 나 언니 되면 유치원도 가고,

놀이동산 가서 놀이 기구도 탈 수 있잖아."

... ...

새해 첫날. 아이가 눈을 뜨자마자 나는 반갑게 새해 인사를 전했다.

"소은아 축하해! 이제 소은이 다섯 살 언니야!"

"정말? 나 이제 다섯 살이야? 우와 신난다!"

아이는 언니가 되는 것이 그렇게 좋은지 토끼처럼 깡충깡충 뛰며 기뻐했다. 나이 먹는 것이 그리도 좋을까. 한참 언니, 오빠를 따르고 좋아하는 나이라 그런지 본인이 한 살 더 먹은 언니가 된다는 사실이 기쁜 모양이다. 어린이집을 졸업하고 유치원에 간다는 사실도 아이를 설레게 만들었다. 소은이는 벌써부터 유치원에 입학한다는 사실을 뿌듯해했고, 유치원을 지날 때마다 "나 이제 언니 되어서 유치원 가지, 엄마?"라며 자랑스레 묻곤 했다.

"소은아, 언니 되는 게 그렇게 좋아?"

"응, 좋아! 나 언니 되면 유치원도 가고, 놀이동산 가서 놀이 기구도 탈 수 있잖아."

"그렇구나. 소은이는 좋겠다. 어른들은 나이 먹는 걸 싫어하는데."

나는 소은이를 바라보며 문득 소은이의 인생과 나의 인생 그래프가 반대 방향으로 맞물려있다는 생각에 서글퍼졌다. 소은이의 인생 그래프는 점점 위로 향하는데, 나의 것은 점점 아래로 향하고 있고 우리 둘이 만나는 점이 바로 지금 이 순간인 듯한 기분이 들었다.

앞으로 소은이는 어떤 인생을 살아갈까? 나의 인생은 어떻게 될까? 소은이의 반짝이는 미래가 부러웠다. 우리는 어른이 되면 어느 순간부터 나이 먹는 것을 좋아하지 않게 된다. 그 지점이 언제부터일까? 스무 살? 서른 살? 내 기억을 돌이켜 보면 이십 대 중반만 되어도 나이 먹는 것이 아쉬워졌던 것 같다. 성인이 되어 나이 든다는 것이 어떤 의미를 지니는지 깨닫고 나면 나이 먹는 것이 더이상 반갑지 않다. 아무것도 해 놓은 게 없는 것 같아 나이 드는 것이 두려워진다. 결국 아이들은 빨리 언니나 오빠가 되고 싶고, 십 대들은 어른이 되고 싶은데, 정작 어른이 되고 나면 나이 먹는 게 싫어지니 아이러니하다.

이제 막 다섯 살이 된 소은이가 나이 먹는 걸 좋아하는 이유는 아마도 나이가 들수록 할 수 있는 게 더 많아진다고 생각하기 때문일 것이다. 청소년기를 보내는 십 대들도 마찬가지이다. 대부분의 아이들은 빨리 나이를 먹고, 어른이 되고 싶어 한다. 스무 살이 되고, 성인이 되면, 자유가 생기고 자신의 마음대로 인생을 살 수 있다고 생각하니까. 어른이 되면 지긋지긋한 공부에서 벗어나 행복한 인생을 살 수 있다고 생각할지 모르겠다.

하지만 어른이 되고 나면 녹록지 않은 현실을 마주하기 마련이다. 어른이 된다고 마음대로 살 수 있는 게 아니란 걸 깨닫는다. 마흔을 앞둔 지금 내 인생을 돌이켜 보면 모든 걸 내려두고 내 마음대로 산 적이 과연 얼마나 있었나 조금 아쉬운 마음도 든다. 학창 시절 열심히 공부하고, 좋은 대학에 가기 위해 노력하고, 이십 대의 많은 날들을 교사가 되는 데 쏟아부었다. 교사가 되어서는 좋은 교사가 되기 위해 노력했고, 결혼을 하고는 좋은 엄마, 좋은 아내가 되려고 애썼다. 항상 무언가를 위해 애쓰고 노력하며 살았다. 그런데 그렇게 살다가 암을 진단받고 나니, 그렇게 쉬지 않고 달려온 삶이 조금은 후회가 된다. 반짝이는 젊은 시절, 좀 더 나만을 위한 시간을 가져볼걸. 어디론가 훌쩍 떠나도 볼걸. 더 많은 걸 경험하고 더 넓은 세상을 밟아볼걸.

이런 생각에 미치자 소은이는 좀 더 자유롭고, 좀 더 유연한 삶을 살았으면 좋겠다는 생각이 들었다. 나보다 더 많은 것을 꿈꾸고, 더 행복하게 살았으면 좋겠다. 다른 사람을 생각하며 너무 애쓰기보다 자기 자신을 위해 살아줬으면.

암 환자가 되고 나서 또 하나 달라진 것은 더 이상 나이 먹는 게 싫지 않다는 것이다. 암은 젊을수록 위험하고 빨리 진행된다는 얘기를 들어서일까. 삼십 대라는 젊은 나이에 암에 걸린 내 신세가 마음 아파서일까. 그냥 얼른 나이가 들어서 '이제 살 만큼 살았다'라고 말할 수 있으면 좋겠다. 그래서인지 '서른아홉'이라는 숫자에 대해서는 큰 감흥이 없다. 10년 전, 스물아홉 때를 돌이켜 보면 인생의 가장 반짝이는 순간이 모두 끝나 버린 것 같아 아쉬웠는데. 지금은 삼십 대의 끝자락에 있지만 삼십 대에 대한 미련은 없다. 나는 정말이지 열심히 살았다.

십 대 소녀 시절, 어른의 삶을 동경했던 것처럼 할머니의 삶을 꿈꾸게 된 지금은 딸아이의 사춘기를 함께하고, 아이가 인생의 중요한 결정을 내릴 때마다 곁에 내가 함께할 수 있기를 꿈꾼다. 다른 엄마들처럼 그저 평범하게. 엄마로서 아이에게 해 줄 수 있는 모든 것들을 함께할 수 있기를.

### Where is my family?

...... ......

**"괜찮아! 내가 엄마를 더 안아 주면 되지!"**

...... ......

어느 때처럼 자기 전, 침대에 누워 소은이와 그림책을 읽고 있었다. 《My House》[45]라는 영어 그림책이었는데 집 안 곳곳을 소개한 뒤 마지막에 주인공인 여자아이가 "Where is my family?(우리 가족 어딨어요?)"라고 묻는다. 뒷장을 넘기

---

45 《My House》, 글 김세실, 그림 이른봄, 삼성출판사, 2005.

면 가족들이 나타나 "Here we are.(우리 여기 있지.)"라고 답하며 끝이 나는 그림책이었다.

마지막 장을 읽고 소은이가 갑자기 슬픈 목소리로 "나도 이 아이처럼 가족들이 많았으면 좋겠다."라고 중얼거렸다. 그림을 들여다보니 그림 속엔 엄마, 아빠, 여자아이 외에도 귀여운 고양이와 어린 동생이 있었다.

"소은아, 동생 있었으면 좋겠어?"

"응, 나도 콩순이처럼 동생이 있었으면 좋겠어."

세 살 무렵, 아이가 한참 아기 돌보는 양육 놀이를 좋아하며 아기 인형을 동생처럼 데리고 놀던 시기는 있었지만 자기 입으로 동생이 있었으면 좋겠다고 표현한 적은 처음이었다. 나는 동생을 만들어줄 수 없기에, 소은이가 그런 마음을 갖는 것이 마음 아팠다.

"하지만 동생이 생기면 콩순이처럼 엄마가 동생을 돌보느라, 소은이를 덜 안아줘야 할지도 모르는데?"

나는 이런 말을 하면 동생에 대한 마음을 접지 않을까 내심 기대하며 아이의 마음을 넌지시 떠보았다. 그런데 소은이는 이렇게 대답했다.

"괜찮아! 내가 엄마를 더 안아 주면 되지!"

순간 나는 마음이 숙연해지고 말았다. 엄마가 자기를 안아 줄 수 없으면 자기가 엄마를 안아 주겠다니. 다섯 살 아이의 속내가 어쩜 이리도 깊을까. 잠시나마 얄팍한 생각으로 아이를 설득하려 했던 나 자신이 부끄러워졌다. 그리고 아이에게 동생을 만들어 주지 못하는 현실이 미안하고 슬펐다. 남들은 아이 셋도 잘만 낳아서 키우는데, 그 평범한 것이 우리 가정에는 왜 그렇게 힘든 일이 되어버린 걸까.

결혼하기 전 나는 아이를 셋은 낳아 기르고 싶던 여자였다. 여자아이도 키우고 싶고, 남자아이도 키우고 싶고. 어릴 때 오빠나 남동생이 있는 친구가 너무 부러웠기에 내 아이에게는 오빠나 남동생을 만들어 주고 싶기도 했다. 그렇게 삼남매를 낳아 키우는 것이 나의 소박한 자녀 계획이었다. 그러나 결혼을 하고 나이가 들면서 자녀 계획은 세 명에서 두 명으로 줄었고, 소은이가 태어난 후에는 외동이 거의 확실시되었다. 소은이는 너무 예민한 기질의 아이였고, 동생을 갖는 것이 몇 년 동안 불가능한 아이였다. 일단 새벽까지 잠을 자지 않았으니까. 우리 부부는 둘째를 가질 시간도, 에너지도, 체력도 없었다. 그리고 마침내 작년 4월, 암을 진단받으며 내 인생에 아이는 소은이 하나로 확정되었다. 항호르몬 치료가 최소 5년에서 최대 10년인데, 5년 뒤 끝난다고 하더라도 그때 되면 내 나이가 43살이니, 언제 아이를 가져서 낳아 키우겠나.

소은이가 외로운가 보구나. 문득 그런 생각에 코끝이 찡해졌다. 그러고 보니 낮에 소은이가 외갓집에 다녀와서 밥을 먹다 말고 던진 말이 생각이 났다.

"엄마, 나 할머니, 할아버지랑 같이 있고 싶었는데. 우리는 왜 할머니 할아버지랑 같이 안 살아? 나는 할머니, 할아버지랑 같이 살았으면 좋겠어."

설인데도 감기 때문에 오래 머무르지 못하고 떡국 한 그릇만 얻어먹고 돌아온 탓일까. 그때까지만 해도 아이가 할머니, 할아버지와 충분히 시간을 보내지 못한 것이 아쉬운 모양이라고만 생각했는데. 곰곰이 생각해 보니 소은이는 더 많은 가족들 속에서 북적북적하며 지내고 싶은 거란 걸 알 수 있었다. 기억을 더듬어 보니 외갓집에 갔을 때 이모네 가족이 없는 것도 슬퍼했었지. 어린 마음에 외갓집에 가면 이모네 가족이 와서 있을 것이라고 생각했나 보다. 이모는 왜 없냐 물으며 풀이 죽은 소은이의 표정이 자꾸만 떠올랐다. 그리고 명절인데 몇 안 되는 가족끼리도 마음껏 만나지 못하는 코로나 상황이 마음 아팠다. 아이에게는 부모의 사랑뿐만이 아니라 아이와 사랑을 나눌 더 많은 가족이 필요하구나.

'아이 하나를 키우는 데는 마을 전체가 필요하다.'라는 말도 있듯이 아이는 자라면서 점점 더 많은 사람의 손길을 필요로 할 것이다. 아이의 사회성이 발달하는 지금 이 시기에는 부모의 양육 외에 아이와 직접 소통하고 교류할 더 많은 가족이 필요하다.

어떻게 하면 소은이에게 가족을 늘려줄 수 있을까? 하늘에서 갑자기 동생이 떨어질 수도 없고, 코로나로 이모도 고모도 만날 수 없는 상황이니 나의 고민은 깊어져 간다. 소은이가 자라면서 외롭지 않았으면 좋겠다. 그리고 내가 오래오래 엄마의 자리를 지켜야 한다고 다시 한번 독하게 마음 먹는다. 기적처럼 몸이 건강해져서 남들처럼 동생도 낳아주면 좋으련만 그것은 불가능한 꿈이겠지. 대신 소은이 옆에서 이렇게 팔베개를 해주고 머리칼을 쓰다듬으며 아이에게 일당백 엄마가 되어 주리라 다짐한다.

## 엄마를 일찍 여읜 동화 속 공주들

…… ……

"엄마, 백설 공주는 엄마가 하늘나라 갔잖아.

엄마는 하늘나라 안 갈 거지?"

"그럼, 엄마는 절대 하늘나라 안 갈 거야.

소은이 옆에 딱 달라붙어 있을 거야."

…… ……

어느 날, 아이와 함께 길을 걷는데 반대편에 허리를 반쯤 구부린 꼬부랑 할머니가 보였다.

"엄마, 할머니들은 왜 허리를 이렇게 숙이고 구부정하게 다녀요?"

"나이가 들면 허리가 아프서서 그래."

"꽃처럼? 꽃이 시드는 거랑 똑같아요."

소은이는 할머니의 구부러진 허리를 보고, 시들어서 고개가 떨어진 꽃을 떠올린 것이다.

"엄마, 할머니들은 왜 머리가 하얗고 손도 쭈글쭈글해요?"

"나이가 많이 들면 머리카락이 하얘지고, 피부도 그렇게 되는 거야."

"왜 나이가 들면 머리카락이 하얘져요?"

"우리 머리카락에는 머리를 검게 만드는 세포가 있는데 나이가 들면 이 세포가 없어져서 흰머리가 생기게 된대."

"엄마도 나중에 그렇게 돼?"

"응. 그렇지."

"그럼 내가 나중에 엄마가 할머니 되면 돌봐 줄게."

"정말? 알았어. 엄마가 할머니 되면 소은이가 돌봐 줘."

"아기처럼?"

"응. 아기처럼."

다섯 살 아이가 벌써 나를 봉양할 생각을 하다니 흐뭇했지만, 마음이 찡하기도 했다. 어른이 된 소은이와 할머니가 된 나를 상상하니 마음이 울컥했기 때문이다.

사람은 나이가 들면 몸도 마음도 다시 아기로 돌아간다는데, 소은이가 벌써 그 진리를 알고 있나 싶어 놀랍기도 했다. 때론 다섯 살이라는 게 믿기지 않을 만큼 속이 깊은 아이. 외할머니는 가끔 이런 소은이를 보며 "어려 보여도 속이 다 있다. 애어른이다."라는 말을 하시곤 했다.

소은이의 영특함에 감탄하고 있는 찰나에 허를 찌르는

질문을 받았다.

"엄마, 백설 공주는 엄마가 하늘나라 갔잖아. 엄마는 하늘나라 안 갈 거지?"

"그럼, 엄마는 절대 하늘나라 안 갈 거야. 소은이 옆에 딱 달라붙어 있을 거야."

"나 키 클 때까지?"

"소은이가 키 크고 엄마처럼 결혼해서 아이 낳고 꼬부랑 할머니가 될 때까지 옆에 있을 거야. 그러니까 절대 그런 걱정 하지 마."

아프고 나서, 내가 가장 걱정했던 부분. 항상 소은이 입에서 나올까 봐 조마조마했던 말이 앙증맞은 입에서 갑자기 튀어나왔다. 유방암을 진단받고 수술한 지 1년이 다 되어가는데도 아이는 내가 아프다는 걸 기억하고 있었다. 나는 눈물이 나오려 했지만 애써 아무렇지 않은 척, 태연한 척 말을 이어나갔다. 왜 하필 백설공주는 어렸을 때 엄마가 돌아가신 거람. 고전 동화나 디즈니 영화 속 공주들이 엄마를 일찍 여읜 것이 늘 싫었다. 그래도 이야기 속 공주 중에서 엄마, 아빠와 행복하게 사는 결말을 가진 공주가 있었는데 바로 라푼젤 공주다. 그래서 나는 라푼젤 이야기가 좋았다. 라푼젤은 어릴 때 마녀에게 납치당하지만, 어른이 되어 엄마, 아빠의 품으로 돌아가 행복하게 사는 것으로 끝이 난다.

소은이도 디즈니 애니메이션의 라푼젤을 좋아했다. 〈라푼젤〉에 등장하는 마녀 고델은 라푼젤의 머리카락이 가지는 마법의 힘으로 젊음을 유지하는데 마법의 힘이 떨어지면 다시 머리가 하얗게 변하고, 피부도 쭈글쭈글해진다. 소은이가 부쩍 할머니에 관심을 가지게 된 건 아마 마녀 고델의 영향도 클 것이다. 젊음을 유지하고 싶은 욕망, 영원히 늙고 싶지 않은 인간의 소망은 고델이라는 인물 속에 형상화되어 있다. 시곗바늘을 움직여 빨리 할머니가 되고 싶은 나와는 정반대의 인물.

환우들과 얘기하다 보면 빨리 할머니가 되고 싶다는 생각은 나뿐 아니라 젊은 암 환자라면 한 번씩 해봄 직한 생각이라는 걸 알 수 있다. 암 환자라서 느끼는 동질감이다. 나이 들고 싶지 않고, 젊어 보이고 싶은 게 인간의 보편적인 정서라면, 젊은 암 환자는 나이 듦이 부럽고, 할머니가 될 때까지 제발 살아만 있었으면 좋겠다는 특수한 감정이 생긴다. '이제 죽어도 여한이 없겠다.'라는 생각. 과연 몇 살이 되어야 그런 생각이 들지는 모르겠지만. 어쨌든 머리카락은 하얗고, 손은 쭈글쭈글한 꼬부랑 할머니가 되어도 좋으니, 사랑하는 딸 소은이와 사랑하는 남편 옆에서 예쁘게 늙어갔으면 좋겠다. 과연 소은이가 얼마나 나를 잘 돌봐줄는지, 그때 가서 오늘 내가 쓴 이 글을 읽으며 미소 지을 수 있었으면.

## 초등학교 앞에 서서

…· …

"엄마. 언니, 오빠들은 책가방이 크네. 내 유치원 가방은 작은데."

…· …

소은이와 놀이터에서 놀고 집으로 돌아오는 길, 부쩍 하늘에 관심이 많아진 소은이가 구름이 펼쳐진 하늘을 보며 아는 체를 한다.

"엄마, 이거 양떼구름 아니야?"

"맞아. 양이 떼를 지어있는 거 같지? 그래서 양떼구름이야."

다섯 살 아이의 손을 잡고 하늘을 한참 바라보았다. 파란 하늘 위로 비행기가 날아가고, 서쪽 편으로는 뉘엿뉘엿 해가 저무는지 구름이 분홍빛으로 물들기 시작했다. 이름 모를 새가 우리 앞에 앉아 '삐리 삐리' 노래를 불러주었다. 졸졸 공원을 가로질러 흐르는 시냇물을 바라보며 아이는 조금만 더 놀고 가자고 졸라댄다. 어떻게든 더 놀다 들어가고 싶은 아이는 발길 닿는 곳마다 눈길 머무는 곳마다 그냥 지나치는 법이 없다. 같이 놀던 친구들은 이미 집에 들어간 지 오래되었건만, 소은이에게는 집으로 돌아오는 그 길이 한 시간은 족히 걸린다. 어른 걸음으로 10분이면 올 거리인데 아이의 발에는 느리게 걷는 요술 신발이라도 달려 있는 걸까. 그렇게 더 놀고 싶어 안간힘을 쓰고 있던 소은이의 눈에 늘 닫혀있던 초등학교 문이 열려 있는 것이 보였다.

"엄마, 우리 저기 들어가면 안 돼?"

소은이는 내 눈치를 살피며 내 손을 잡아끌었다.

"그럼, 우리 저기만 들어갔다가 바로 집에 가는 거야."

"야호! 신난다!"

나는 아이의 손을 잡고 동네 초등학교로 들어가 보았다. 우리가 지날 때는 항상 닫혀있던 후문이 웬일로 열려 있었다. 후문으로 들어가 보는 것은 나도 처음이라 슬며시 궁금증이 일었다. 수박, 가지, 고추가 심어진 텃밭을 지나 부속 병설 유치원이 보이고, 유치원 아이들을 위한 작은 미끄럼틀이 있는 놀이터가 보였다. 구름사다리가 있는 모래 운동장도 있었다. 실로 오랜만에 보는 낯익은 풍경들에 어릴 적 내가 다니던 국민학교 생각이 났다.

나는 국민학교로 입학하여 초등학교로 졸업한 첫 해 졸업생인데 어릴 때 이사를 많이 다녔던 탓에 총 세 군데의 학교를 다녔다. 그중 가장 오래 다녔던 학교가 아직도 가장 기억에 남는다. 어린 시절, 꼬꼬마였던 나에게 학교의 운동장은 얼마나 넓었는지. 또 학교까지 가는 길은 얼마나 멀게 느껴졌는지. 고개를 세 번은 넘고, 슈퍼마켓과 운동장을 몇 개는 지나야 도착했던 학교. 그런데 지금 생각해 보면 그 당시 나도 소은이처럼 요술 신발을 신고 있었던 것은 아닐까. 어른에게는 가까운 거리도 아이에게는 한참을 가야 나오는 신기한 마법의 길. 오래전 기억을 더듬어 보면, 그때 학교를 오가며 슈퍼마켓에서 팔던 50원짜리 땅콩 캐러멜을 사 먹는 게 큰 즐거움이었다.

서른아홉이 되어 보니, 그 시절 인생의 낙이었던 땅콩 캐러멜이 지금은 순간의 즐거움도 선사할 수 없을 만큼 아무

것도 아닌 것이 되어 버렸다. 아이의 눈에서 바라보는 행복이란 이렇게도 소소하고 작은데. 어른이 되면 왜 행복의 주머니가 산더미처럼 커져서 그 주머니를 가득 채워야 행복하게 느끼는 것일까? 나는 추억의 땅콩 캐러멜을 머릿속에 그리며 소은이를 바라보았다. 소은이에게는 지금 엄마가 주는 마이쮸 한 개가 땅콩 캐러멜처럼 행복을 안겨 주는 선물일 수도 있겠구나. 마이쮸 하나로 행복을 줄 수 있다면 앞으로 캐러멜 하나에 그렇게 인색하게 굴지 말아야겠다는 생각이 들었다.

"소은아, 여기가 소은이가 좀 더 커서 유치원을 졸업하면 다니게 될 초등학교야."

나는 초등학교 이곳저곳을 둘러보며 아이에게 학교 구경을 시켜주었다. 그때 아직 하교하지 않은 언니, 오빠들이 보였다.

"엄마. 언니, 오빠들은 책가방이 크네. 내 유치원 가방은 작은데."

"맞아. 소은이 가방은 작은데 언니, 오빠 가방은 크지? 언니, 오빠들은 큰 가방에 공부할 것을 들고 다니면서 학교에서 공부를 하는 거야. 소은이도 나중에 언니, 오빠처럼 크면 저렇게 큰 가방을 메고 다닐 거야."

나는 아이가 책가방을 메고 학교를 다닐 생각을 하니 가슴이 벅찼다. 처음 암을 진단받고 죽음에 대해 생각했을 때, 아이가 초등학교에 입학하는 것을 보고 싶어 얼마나 울었던가. 소은이의 초등학교 입학까지는 아직 2년 반이란 시간이 더 남긴 했지만 어느새 아이는 자라 그럴 날이 올 것이라 생각하니 여러 가지 마음이 교차하였다. 빨리 그날이 왔으면 싶다가도, 아이와 더 오래 유년 시간을 함께 있고 싶다. 그러다 나는 지금 과연 잘하고 있는가 하는 생각도 문득 밀려왔다. 아이에게 행복한 유년 시절을 보내게 해주고 싶은데, 나는 얼마만큼 아이에게 최선을 다하고 있을까? 유치원을 다니며 아이가 기관에서 보내는 시간이 길어질수록 엄마와 오롯이 보내는 시간은 줄어들고 있는데, 나는 어떻게 하면 그 시간을 더 알차고 행복하게 만들어 줄 수 있을까?

그동안 나는 아이에게 많은 시간을 쓰는 만큼, 나를 위한 시간은 줄어든다고 여겼다. 아이와 놀아 주면, 그만큼 나의 자유 시간은 줄어드는 게 당연한 거라 생각했다. 그런데 지금 생각해 보니 어찌 보면 전제부터 잘못된 것 아닐까. 아이와 시간을 보낼수록 나의 시간을 뺏기는 게 아니라, 아이와 함께 시간을 보내며 나의 행복도 커지고, 아이와의 사랑도 깊어진다고 생각하면 되는 것이다. 그럼 아이와 보내는 그 시간이 결코 아깝지도, 힘들지도 않을 텐데. 오늘부터 아이의 발걸음에 맞추고, 아이의 눈높이에 맞추며 아이와 좀 더 행복한 시간을 만들어야겠다. 소은이의 요술 신발에 맞추어 나도 느리게 걷고, 소은이의 눈높이에 맞추어 나도 자연을 감상하며 유유자적 공원을 거닐어야지. 아이가 행복하려면 결국 부모가 행복해야 한다. 그리고 부모가 행복하려면 부모가 아이와 놀아 주거나 아이를 위해 희생하는 게 아니라 부모도 함께 그 순간을 즐기며 사는 것이라고 생각을 바꾸어야 한다.

그렇게 마음먹으니 오늘은 유치원에 다녀온 소은이와 어떻게 재미있게 놀까 설레고 기대가 된다. 늘 짧게만 느껴지던 소은이 없이 혼자 보낼 수 있는 시간도 너무 빨리 간다고 아쉬워하지 말아야겠다. 소은이가 없는 시간은 최대한 내 할 일을 하고, 소은이와 함께 할 땐 아이와 신나게 놀아야지. 그게 엄마도, 아이도 행복한 시간일 테니까!

## 비행기 안에서

… …

"엄마, 나 사실 아가 때부터 하늘을 날고 싶었어."

아이의 눈은 어느 때보다 초롱초롱 반짝였다.

… …

비행기 창가석에 앉은 다섯 살 소은이는 창밖에 눈을 떼지 못하고, 연신 환호성을 질렀다.

"엄마, 우리가 하늘을 날고 있어!"

사실 소은이가 비행기를 타는 것은 이번이 처음이 아니었지만, 더 어릴 때 비행기를 탄 기억은 아이에게 남아있지 않았다. 하긴, 그때는 너무 어렸으니까. 3년 전 두 돌이 막 지났을 때 가족 여행으로 제주도를 간 적 있지만 그 역시 사진으로 남아있을 뿐, 아이에게는 비행기도, 제주도도 처음이나 마찬가지였다. 어쩌면 지금 비행기를 탄 기억도, 나중에는 기억나지 않을지도 모른다.

"엄마, 저기 우리 아파트도 보여. 우리 아파트 안녕!"

창밖으로 도시가 내려다보였다. 사람도, 건물도, 자동차도, 모두 작은 장난감처럼 작게 보였다. 아이는 그 모습이 신기한지 한참을 그렇게 창밖을 바라보았다. 이내 비행기는 구름 위로 올라왔고, 이번에는 구름으로 가득 찬 하늘나라가 펼쳐지기 시작했다.

"우아 진짜 신기하다. 나 구름 만져보고 싶어. 부들부들할 거야. 이건 호랑이! 이건 양! 구름이 동물 모양이야. 이건 기린 같은데?"

소은이의 말대로 구름은 제각기 다른 모양을 하고 있었다. 말은 곧 마법의 주문이 되어, 내 눈에도 구름이 동물 모양으로 변해 움직이는 듯한 착각이 들었다.

"나 구름 먹고 싶어, 냠냠. 먹었다! 맛있어. 달콤해."

이번에 소은이가 구름을 먹는 시늉을 하자, 구름은 맛있는 솜사탕으로 변했다. 비행기가 출발한 순간부터 소은이는 한순간도 쉬지 않고 감탄하고 있었다.

"엄마, 나 사실 아가 때부터 하늘을 날고 싶었어."

아이의 눈은 어느 때보다 초롱초롱 반짝였다. 아이의 고백에 작년 추석 날 보름달을 보며, 소원을 빌던 장면이 떠올랐다. 소은이의 소원은 하늘을 훨훨 날아다니는 새가 되는 것이었다.

'그럼, 오늘은 소은이의 소원이 이루어진 행복한 날이겠구나.'

 나는 소은이가 이렇게 좋아하는 걸 보며 여행 오길 잘했다는 생각을 했다. 사실 마지막까지 고민이 되던 여행이었다. 너무 바쁜 일정 속에 아무런 준비나 계획 없이 떠난 여행이었지만, 비행기를 탄 것만으로도 아이의 소원은 이루어졌으니 그걸로 충분히 의미가 있었다.

 소은이가 행복해하는 사이 나 역시 처음 비행기를 타는 사람마냥 한참 동안 물끄러미 창밖을 바라보았다. 암 진단 후 처음 타보는 비행기였다. 아프고 나서 처음 올라온 하늘 위는 내게 새로운 기분이 들게 했다. 천국이 있다면 이런 느낌일까. 구름 위를 날면서 나는 천국에 대해 생각했다. 그러다 문득 '왜 사람이 죽으면 하늘나라로 간다고 생각할까?'라는 의문이 들었다. 막상 하늘 위로 올라오면 눈에 보이는 것은 구름뿐인데. 알 수 없지만 어쩌면 하늘 위가 너무 예뻐서, 세상에 존재하는 풍경 중 가장 아름답기 때문이 아닐까 생각했다. 그래서 죽고 떠난 사람에 대한 아쉬움을 달래려 하늘나라를 만들어낸 건지도 모른다. 만질 수도, 느낄 수도 손에 닿을 수도 없지만 너무나 아름다운 그곳. 살아

있는 사람은 갈 수 없는 세계. 그곳에서 사랑하는 사람이 행복하기를 바라는 마음이 반영된 건 아닐까.

창밖 너머로 펼쳐진 하늘을 보면서, 몽글몽글 피어난 뭉게구름을 바라보면서, 나는 삶과 죽음에 대해 생각했다. 그리고 하늘나라가 아무리 아름다워도 최대한 나중에 와야겠다고 다짐했다. 지금은 이렇게 비행기 안에서 바라보는 것만으로 충분하다. 하늘을 날고 싶다는 소은이의 소원이 이루어진 날, 나는 소은이 곁에서 오래오래 살게 해 달라는 소원을 빌었다. 하늘 위에 올라와서 빈 소원이니, 하느님께도 더 크게 들리지 않았을까? 소은이의 소원처럼, 내 소원도 반드시 이루어질 거라 믿는다.

## 아직 기회가 남아 있어

...  ...

"엄마, 여기 하얀 머리가 있어."

"어디? 어떡해, 엄마 이제 할머니 됐나 봐."

"아니야, 엄마. 아직 하나잖아! 엄마 머리가 다 하얘지면

내가 그때 할머니라고 부를게."

...  ...


어느 날 밥을 먹던 소은이가 나를 뚫어지게 바라보더니 굉장한 것을 발견한 것처럼 눈이 휘둥그레졌다. 그리고 내 머리칼을 가리키며 조심스레 말했다.

"엄마, 여기 하얀 머리가 있어."

"어디? 엄마 흰머리 있어?"

"응, 여기 여기!"

나의 흰머리야 예전부터 있었지만, 소은에게는 엄마의 흰머리가 처음 눈에 들어왔나 보다. 나는 짐짓 모르는 척하며 "어떡해, 엄마 이제 할머니 됐나 봐."하고 엄살을 부렸다. 그러자 소은이가 나를 다독이며 말했다.

"아니야, 엄마. 아직 기회가 남아 있어. 아직 하나잖아!"

나는 기회가 남아있다는 말이 우스워서 "무슨 기회?" 하고 되물었다.

"할머니가 되기까지 아직 기회가 남아있어. 엄마 머리가 다 하얘지면 내가 그때 할머니라고 부를게."

아프고 나서 나의 꿈이 할머니가 되는 거라는 걸 알 리 없는 소은이는 내가 할머니가 되면 슬플 거라 생각했나 보다. 할머니가 되기까지 아직 기회가 남아있다며 나를 위로하는 아이에게 어떻게 내 마음을 전달해야 할까. 이내 나는 엄마는 할머니가 되어도 괜찮다고, 할머니가 되는 게 소원이라고 말하는 걸 포기했다. 다섯 살 먹은 아이에게 그걸 이해시키는 건 불가능한 일에 가까웠다. 그보다도 엄마가 아무리 나이를 먹어도, 소은이에게 엄마는 할머니가 아니라 엄마라는 사실을 알려 주고 싶었다.

"그땐 소은이가 커서 소은이 아기가 엄마를 할머니라고 불러야지. 소은이가 크면 언니가 되고, 초등학생, 중학생, 고등학생, 대학생이 될 거야. 그리고 아가씨가 되고, 결혼해서 엄마가 되고, 아이를 낳고, 그 아이가 또 아이를 낳으면 소은이도 이제 할머니가 되는 거야."

그런데 순간 소은이의 표정이 일그러지더니, 울상이 되기 시작했다. 소은이는 금방이라도 눈물이 날 것 같은 얼굴로 "나 할머니 아니야! 나 할머니 안 될 거야."라며 울먹였다. 나는 지금 당장 할머니가 되는 건 아니고, 아주 먼 훗날 할머니가 되는 거라고 아이를 달래면서 소은이가 할머니가 되는 날을 생각했다. 어쩌면 그때는 내가 이 세상에 없을지도 모르겠다. 소은이가 아이를 낳아 내가 할머니가 되는 순간은 늘 꿈꾸는 장면이지만, 소은이가 할머니가 되는 것까지 그려본 적은 없었다. 아직 앞날이 창창한 다섯 살 아이가 할머니가 되는 날은 너무나 먼 미래의 이야기지만 나는 소은이의 미래를 그리며 거기에 내가 있기를 바랐다.

비록 자주 만나지는 못하지만 우리에겐 부모님을 낳아 주신 조부모님이 있고, 그 위에, 또 그 위에 할머니, 할아버지가 계시다는 걸 아이가 알았으면 한다. 나의 뿌리를 알고, 나를 둘러싼 가족의 소중함을 알고, 지금 내가 존재하는 것도 결국 나를 낳아 준 부모와 조상이 있기에 가능한 것임을 깨달았으면 한다. 그리고 나도 백 살까지 살면서 소은이가 자식을 낳고, 그 아이가 자식을 또 낳을 때까지 살아야겠다고 다짐한다. 할머니도 모자라, 증조할머니가 되기를 바라는 건 너무 욕심인가 싶다가도 기왕 오래 살 거 백 살까지 살며 증손주까지 봐야겠다는 새로운 목표가 생겼다. 나에게는 아직 기회가 많이 남아있으니까!

## 웨딩 앨범을 함께 보며

… …

"엄마, 아빠 행복해 보여."

"응, 정말 행복했지."

"내가 없는데?"

"응?"

… …


우리집 안방에는 소은이의 손이 닿을 만한 곳에 작은 사진첩들이 진열되어 있다. 소은이가 태어날 때부터 지금까지, 한 달에 한 번씩 사진들을 모아 사진첩을 만들었고 언제든지 소은이가 펴볼 수 있도록 아이의 키가 닿는 곳에 공간을 만들어 두었다. 아이는 어릴 적 사진을 보고, 자기가 이렇게 귀여웠냐며 좋아하기도 하고 너무 어려서 기억하지 못하는 여행지를 사진을 통해 추억하곤 했다. 사진첩 사이에는 우리 부부의 결혼식 사진과 결혼 전 찍은 웨딩 스튜디오 사진도 있었다. 이날도 소은이는 우리의 웨딩 화보 사진을 꺼내 골똘히 보고 있었다.

"엄마, 나 엄마 아빠 결혼식 사진 또 볼래. 엄마 이때 정말 예쁘다! 엄마, 아빠 행복해 보여."

"응, 정말 행복했지."

"내가 없는데?"

"응?"

"내가 없는데 슬프지 않았어?"

나는 말문이 막혀서 뭐라고 답을 해야 할지 몰랐다. 본인이 태어나기도 전인데 자기가 없어서 슬프지 않았냐는 아이의 말도 안 되는 질문. 그리고 사실은 아이가 없어도 너무 행복했던, 어쩌면 내 인생에서 가장 평화롭고 평온했던 그 시절 내 모습을 보며 나는 여러 감정이 치밀어 올랐다. 아련하고, 그립고, 다시 돌아갈 수 없는 우리 부부만의 행복했던 시절. 소은이가 태어나지 않았다면, 지금 나의 삶과 남편의 삶은 어떻게 달라져 있을까?

"그때는 소은이가 태어나기 전이니까 엄마가 소은이를

몰랐어. 소은이는 엄마, 아빠가 결혼하고 나서 3년 만에 찾아왔거든."

"그럼 나는 어디 있었어?"

"소은이는 원래 하늘나라에 있는 천사여서 하늘나라에서 놀고 있었는데 엄마, 아빠가 열심히 기도를 해서 하느님이 엄마, 아빠에게 보내주신 거야."

"아, 그렇구나."

"응, 그래서 소은이가 엄마 배 안에 있을 때 이름이 은총이잖아. 하느님께서 주시는 선물이란 뜻이지. 그리고 소은이란 이름도 부를 소(召), 은혜 은(恩). 은혜를 부르는 아이란 뜻이야."

"내 이름 정말 예쁘지?"

"그럼, 예쁘고말고."

나는 복잡한 감정들을 억누르며 소은이에게 하느님 얘기를 들려주었다. 사실이었다. 소은이를 갖기 위해 우리는 옛날이야기에 나오는 부부처럼 매일매일 하느님께 기도를 했다. 예쁜 아이를 갖게 해 달라고. 예쁘고, 착하고, 똑똑하고, 건강한 아이를 내려달라고.

하느님은 그 기도를 들어주셨다. 소은이는 예쁘고, 착하

고, 똑똑하고 건강했다. 예민한 아이였을 뿐. 그 예민함이
당시 나의 일상을 바꾸어 버릴 만큼 힘들었을 뿐.

"엄마, 그럼 하느님한테 전화해 봐."

"응? 하느님은 핸드폰이 없는데……."

"왜?"

"하느님한테 핸드폰이 있으면 전화가 너무 많이 올 걸?
그래서 하느님은 핸드폰을 안 쓰셔."

나는 하느님에게 전화를 해달라는 아이의 생각이 귀여
우면서도, 정말 하느님과 통화를 할 수 있으면 얼마나 좋을
까 싶기도 했다. 막상 하느님과 통화가 된다면, 하느님께
가장 먼저 어떤 얘기를 꺼내게 될까? 살려 주셔서 감사하다
고 해야 할지, 왜 내게 이렇게 큰 시련을 주셨는지 목놓아
울지, 아니면 앞으로 제발 건강하게 오래 살게 해달라고 매
달릴지 모를 일이었다.

"그럼 하느님한테 어떻게 얘기하지?"

"마음속으로 기도하면 되지. 하느님은 다 듣고 계시거든."

"하느님, 엄마 안 아프게 해 주세요. 성부와 성령의 이름
으로. 아멘."

아이는 고사리 같은 손을 휘휘 저어가며 어설프게 성호

경을 했다. 그 순간 마음 한구석이 쿵 내려앉았다. 아이는 엄마를 이렇게 사랑하고 있는데. 나는 잠깐이지만 진심으로 아이가 없을 때 행복했던 우리 부부의 모습을 그리워하고 있었다니.

"나 잘하지?"

"응, 우리 소은이 정말 잘한다. 그런데 성부와 성자와 성령의 이름으로. 이 순서로 하면 되는 거야."

나는 아이 손을 잡고 성호경을 다시 그려주었다.

"엄마, 나 또 기도할래. 아빠가 화 안 내게 해 주세요. 엄마가 저랑 놀아 주게 해 주세요. 아멘."

두 번째로 마음이 쿵 내려앉았다. 요즘 소은이는 아빠와 자주 부딪쳤고, 남편도 예전과 달리 소은이에게 화를 내는 일이 부쩍 많아졌다. 나도 아이가 어렸을 때보다 함께 놀아주는 시간이 눈에 띄게 줄었다.

"요즘 엄마가 소은이랑 잘 안 놀아 줘?"

"응, 나 아기 때는 엄마가 많이 놀아 줬는데. 이제는 안 놀아 줘. 엄마, 나 동생이 되고 싶어. 동생이 되면 엄마가 잘 돌봐 주잖아. 응애응애 하고 울면 잘 돌봐 주잖아. 다시 아기로 변해라. 얍!"

이렇게 주문을 외우더니 응애응애, 우는 아기 흉내를 내기 시작하는 아이. 그 뒤로도 소은이는 곧잘 응애응애 소리를 내면서 "엄마, 나 소은이 아니야. 은총이야."라는 말을 했다. 소은이가 아니라 은총이로 돌아가고 싶다니 심지어 동생이 없는데도, 아기 때로 돌아가고 싶어 하는 소은이를 보면서 마음이 아팠다. 내 몸이 아프고 나서, 소은이에게 쏟았던 에너지를 많이 거두어들인 것은 사실이었다. 나의 몸과 마음을 돌보는 데 바빠서 소은이에게 신경 쓸 여력이 많이 줄었다. 아이는 말하지 않았을 뿐, 다 알고 있었다. 엄마의 사랑이 사라진 건 아니지만, 예전 같지 않다는 것을.

우리가 다시 예전으로 돌아갈 수 있을까. 하루 종일 소은이의 방에서 함께 그림을 그리고, 책을 읽고, 장난감을 만지고 놀던 그 시절로. 오늘따라 왠지 아이가 더 훌쩍 커버린 느낌이 드는 것은 왜일까. 이제 소은이는 엄마보다 친구들과 노는 시간이 많고, 집에 와서도 엄마와 놀기보다 텔레비전을 보는 시간이 더 많아졌다. 아이가 커가면서 당연히 겪는 과정일지도 모르지만, 아직은 엄마와 함께할 시간이 좀 더 많아도 괜찮을 텐데. 아이에게 미안한 마음에 눈물이 난다.

오늘은 아이에게 한 발자국 더 다가가야겠다.

# 2

## 엄마를 웃게 하는 재치 있는 아이의 말

아이는 때론 엉뚱한 말로, 때론 생각하지도 못한 기발한 말로 나를 웃게 한다. 글로는 다 담아낼 수 없고, 어른들은 흉내 낼 수 없는 아이만의 세계. 그 속에서 나는 슬플 때도 힘들 때도 웃을 수 있었다.

처음에 병을 진단받았을 때는 아이가 너무 어린 것이 더 마음 아팠지만, 한편으로는 소은이가 아무것도 모르는 나이였던 게 다행이라는 생각이 든다. 아이가 엄마의 병이 무엇인지 알고 슬퍼할 나이였다면 나는 투병이 더 힘들었을지도 모르겠다. '암'이라는 단어가 주는 무게감은 어른도 감당하기 힘든 것이기에.

나는 소은이가 너무 어렸기에 담담하게 내 이야기를 세상에 할 수 있었지만 최대한 아이가 엄마의 병에 대해 늦게 알았으면 좋겠다. 그래서 먼 훗날, 엄마가 암에 걸린 적이 있었지만 지금은 괜찮다고, 소은이 덕에 엄마가 많이 웃고 행복해서 빨리 나았다고 아무렇지 않게 말할 수 있는 날이 오기를 소망한다.

## 아이가 어른이 되면 내게 사 주기로 한 차

…‥…

"그래, 의사도 되고 아이돌도 되어서 엄마 집도 사 주고, 차도 사 줘."

"응! 엄마는 보리차 사 줄게.

그리고 아빠는 회사에서 일 안 하게 만들려고 내가 일할 거야."

…‥…


　소은이의 꿈이 바뀌었다. 엄마 쮸쮸를 고쳐주는 의사에서 멋진 춤을 추고 노래하는 아이돌 가수로. 유치원에서 아이돌 댄스 특강을 들은 후 소은이는 요즘 매일 언니들의 춤과 노래를 따라 하기 바쁘다. 유방암을 진단받고 1년 6개월이 지났다. 이제 더 이상 엄마가 아팠다는 기억은 아이에게 없는 걸까. 나는 그게 반갑기도 하고, 한편으로는 소은이가 의사의 꿈을 벌써 저버렸다는 사실이 조금은 서운하기도 했다. '아픈 엄마'라는 딱지를 뗀 것 같아 반가우면서도, 내심 아이가 의사의 꿈을 계속 이어가길 바랬던 걸까? 되고 싶은 꿈은 많을수록 좋으니 아이돌도 나쁘지 않다. 그래도 이제 다섯 살인데 벌써부터 아이돌이 되고 싶다니 참 빠르기도 하다.

'의사도 되고, 아이돌도 된다면 그야말로 슈퍼우먼이겠군!'

이런 생각을 하며 아이에게 별생각 없이 말을 이어나갔다.

"그렇구나. 그래, 의사도 되고 아이돌도 되어서 엄마 집도 사 주고, 차도 사 줘."

"응! 엄마는 보리차 사 줄게. 그리고 아빠는 회사에서 일 안 하게 만들려고 내가 일할 거야."

보리차라니! 진지한 표정으로 진심을 담은 아이의 대답에, 나는 웃음이 터지고 말았다. 소은아, 엄마가 말한 차는 그 차가 아닌데. 한편으로는 아빠를 생각하는 소은이의 마음에 놀랐다. 본인이 일을 해서 아빠를 쉬게 해 주겠다니. 당사자인 남편이 이 말을 들으면 얼마나 감동했을까. 아이는 아빠가 온종일 회사에서 일하는 모습이 안쓰러웠던 걸까? 어쩌면 아침 일찍 나갔다 저녁에 들어오는 아빠의 삶이 소은이의 눈에도 고단해 보였을까. 아니면 아빠와 놀고 싶은 마음에 나온 말일지도 모르겠다. 어린 마음에 아빠가 회사에 가지 않으면 자기와 하루 종일 놀 수 있다고 생각한 것일지도. 어찌 되었든 다섯 살짜리가 아빠를 위해 일을 하겠다고 다짐하는 장면이 신선하고, 새로웠다.

소은이의 말대로 소은이가 아이돌 가수가 되면, 남편도 직장을 퇴직할 수 있을까. 내가 던진 농담처럼, 소은이가 우리에게 집도 차도 사 주는 날이 올까? 이런 상상만으로도 기분이 좋아졌다. 물질적인 이유 때문이 아니라 이렇게 미래를 상상할 수 있을 만큼 내 마음이 단단해졌구나 싶었기 때문이다. 암을 진단받고 가장 두려웠던 것은 딸아이의 미래에 나의 존재가 없어지는 일이었다. 아이가 초등학교를 갈 때, 내가 아이 옆에 있지 못할까 봐 숨죽여 울던 지난날. 딸이 결혼할 때 함께 있지 못할까 봐 불안했던 끔찍한 상상들은 이제 모두 바람처럼 지나갔다. 그리고 언제 그랬냐는 듯, 나도 다른 부모들처럼 평범하게 아이의 장래를 그려 보는 순간이 온 것이다.

나는 소은이가 의사가 되든, 아이돌 가수가 되든, 자신이 하고 싶은 일을 하길 바란다. 그리고 행복했으면 좋겠다. 적어도 공부로 인해 힘들지는 않았으면 한다. 치열하게 사는 것이 얼마나 부질없는 것인지 뼈저리게 느낀 나로서는, 아이가 그저 건강하고 행복하게 자라는 것이 가장 중요하고 감사한 일이 되었다.

이런저런 생각을 하다, 문득 친정 부모님 생각이 났다. 60대 후반에 아직 회사에 다니고 계신 아빠께 나는 한 번이라도 소은이와 같은 말을 해 본 적이 있던가. 물론 물질적으로 잘해드리는 것만이 능사가 아니겠지만, 부모님의 삶을 윤택하게 해 드릴 수 있다면, 더불어 마음까지 편안하게 해 드릴 수 있다면 그것이 최고의 효도일 텐데, 나는 얼마나 효도를 실천하고 있을까?

그리고 보니 여지껏 부모님이 나이 드셨다는 생각을 한 번도 해 본 적이 없다. 늘 부모님은 젊고 건강하실 거라는 생각에 사랑을 받을 생각만 했지, 그 사랑을 갚을 생각을 깊이 해 보지 못했다. 대부분의 사람이 그렇듯, 내 자식 키우기에 바빠서 마음처럼 부모님을 챙겨드리는 일이 쉽지 않다. 그런데 요즘 소은이의 말과 행동을 보면 다섯 살 꼬맹이가 나보다 낫다는 생각이 든다. 커서 어른이 되면 엄마에게 가방이나 화장품을 사 주겠다는 소은이. 내가 딱히 가방이나 화장품을 좋아하는 것도 아닌데, 아이가 봤을 때 그런 것들이 예뻐 보이고 좋아 보이나 보다. 아이의 귀여운 약속에 웃음 짓다 갑자기 친정 부모님 집에 있는 부부 커피잔 세트가 떠올랐다. 행복하게 웃고 있는 엄마와 아빠의 모습이 그려진 커피 잔. 언니와 내가 초등학교를 다니던 때 부모님께 드린 선물이다. 우리는 어버이날을 맞아 용돈을 모아 동네에 있는 선물 가게에서 가장 예뻐 보이는 선물을 골랐다. 커피 잔 속에 웃고 있는 엄마, 아빠처럼 두 분이 화목하고 행복하기를 바라면서. 벌써 30년도 더 지난 커피 잔에는 그렇게 우리 가족의 추억이 아련하게 담겨 있다. 엄마는 지금도 혹시나 커피 잔이 깨질까 봐 찬장에 고이 모셔두고, 특별한 날에만 꺼내 쓰신다고 했다. 이 말씀 하나에 엄마가 얼마나 이 커피 잔을 아끼시는지 알 수 있다. 어쩌면 부모님께는 지금 내가 사드리는 그 어떤 선물보다도 아이들이 코 묻은 돈을 모아 사드렸던 그 커피 잔이 소중할지도 모른다. 돈으로는 결코 살 수 없는, 지금은 돌아갈 수 없는 그 시절, 우리들의 마음이 담겨 있는 물건이기에.

자식이 먼 훗날 집도 사 주고, 차도 사 주면 그도 좋겠지만, 부모에게 그보다 더 값진 선물은 자식이 부모를 생각하는 애틋한 마음 아닐까? 나는 아이돌 가수도 아니고, 의사도 아니라서, 엄마께 집과 자동차를 사 드릴 수도, 아빠께 일을 그만두시라고 할 수도 없다. 하지만 소은이가 말한 마시는 차는 몇 번이고 당장 사 드릴 수 있지 않은가.

주말에 부모님을 모시고, 예쁜 카페에 가서 따뜻한 차 한 잔이라도 사 드리며 행복한 시간을 보내고 싶다. 그리고 부모님께 말씀드려 볼까? 내가 베스트셀러 작가가 되면 집도 사 주고 차도 사 드린다고! 우리는 실제로 꿈을 이뤘을 때보다, 꿈을 꿀 때 행복한 것이니까. 비록 그런 꿈을 꾸기에 내 나이가 많고, 현실이 될 가능성이 적지만 꿈을 꾸는 데는 제약도, 안 되는 일도 없으니 말이다. 무엇보다 부모님께 내가 아직 꿈과 희망을 드릴 수 있는 존재가 되었으면 좋겠다. 소은이가 나에게 그렇듯, 나도 부모님께 그런 빛나는 존재가 되었으면 좋겠다.

## 해를 만지려면 어떻게 할까

··· ···

"엄마, 나 해님 만져보고 싶어."

"소은아, 해님은 너무 멀어서 만질 수가 없어."

"사다리 타고 올라가면 되지."

"사다리 타고 올라가도 너무 멀어."

"그럼 아빠 목말 타면 되지."

··· ···

햇살이 따뜻한 5월 어느 봄날의 오후.

"엄마, 나 해님 만져보고 싶어."

소은이는 눈부신 햇살을 바라보며 내게 이룰 수 없는 꿈을 이야기했다. 내가 아무리 소은이를 사랑하더라도 해 줄 수 없는 일이었다.

"소은아, 해님은 너무 멀어서 만질 수가 없어."

"사다리 타고 올라가면 되지."

"사다리 타고 올라가도 너무 멀어."

"그럼 아빠 목말 타면 되지."

소은이에게 아빠의 목말은 사다리보다 더 높이 올라갈 수 있는 위대한 것인가 보다. 아빠의 목말을 타고 해님에 닿을 생각을 하다니, 아이의 상상력은 어쩌면 이렇게도 사랑스러울까. 나는 아이에게 해님은 너무 뜨거워서 만질 수 없다고 말해 주며 왜 해님이 만져보고 싶은지 물었다. 소은이는 질문에 대답하지 않았지만 언젠가 내게 아빠가 해님이라고 했던 말이 떠올랐다.

"우리 가족은 해님, 달님이야. 아빠는 해님, 엄마는 달님."

"왜 아빠는 해님이고 엄마는 달님이야?"

"아빠는 크고 멋있고 엄마는 달처럼 예쁘니까."

"그렇구나, 그럼 소은이는 별님이야. 밤하늘에 반짝반짝 빛나는 가장 예쁜 별."

소은이의 네 돌 생일날 잠자리에 누워서 도란도란 나눈 대화. 소은이에게 아빠는 해님처럼 크고 강한 존재, 엄마는 달님처럼 예쁘고 포근한 존재라는 생각에 기분이 좋았다. 해님과 달님은 세상을 어둠으로부터 밝혀 주는 존재이니까 마치 우리 부부가 소은이를 지켜 주고, 빛을 밝혀 주는 존재가 된 기분이 들었다. 부모란 그렇다. 밤낮으로 사랑하는

자녀가 걸어갈 길을 밝게 비추어 주고 지켜 주고 싶다. 해
님같이 따스하게, 달님처럼 포근하게. 아이가 세상에 태어
난 지 만으로 4년. 조그맣던 아이가 언제 이렇게 커서 이토
록 사랑스러운 생각들을 조잘거릴까 싶어 행복했던 밤.

한참 뽀로로를 좋아하던 시절, 아이는 뽀로로와 친구들
을 우리 가족에 비유하기도 했다. 엄마인 나는 그림을 잘
그리고 예쁘니까 페티, 아빠는 요리를 잘하니까 루피이면
서 또 뭐든지 잘 아니까 에디, 그리고 소은이는 개구쟁이
뽀로로란다. 비유법을 자유자재로 구사하며 엄마, 아빠를
자기가 알고 있는 존재에 빗대어 표현하는 아이.

아이가 언제까지 아빠를 해님이라, 엄마를 달님이라 여
길 수 있을까. 또 언제까지 엄마가 페티가 되고, 아빠가 에
디가 되는 날이 지속될까. 아주 오래전, 내가 국민학교(지금
의 초등학교)를 다닐 무렵, 엄마가 언니와 나에게 컴퓨터를 가
르쳐 주신 기억이 아직도 어렴풋이 남아 있다. 지금은 엄마
가 우리에게 컴퓨터에 대해 물어 보시지만 그땐 우리가 엄
마에게 컴퓨터 사용하는 법을 배웠다. 비단 컴퓨터뿐이겠
는가.

소은이가 자라면 언젠가 우리보다 더 잘할 수 있는 것들

이 많아질 날이 올 것이다. 모든 아이는 부모를 보며 자라고, 성장하고, 부모보다 더 커지기 마련이니까. 키도, 머리도 쑥쑥 자라 결국 부모와 같은 어른이 된다. 그때가 되면 소은이에게 엄마, 아빠는 더 이상 페티도, 루피도, 에디도 아닐 것이다. 하지만 소은이의 마음속에서 엄마, 아빠가 영원히 해님, 달님이었으면 좋겠다. 그래서 소은이가 우리를 생각하면 늘 마음이 따뜻하고, 평화롭고, 행복했으면 좋겠다. 언제까지고 소은이를 지켜주는 든든한 존재로, 그렇게 나이 들어가고 싶다.

## 안녕? 나는 꿈이라고 해!

…… ……

"잘 때 무서운 야옹이 꿈꿀까 봐 무서웠지?
앞으론 내가 널 지켜줄게. 걱정하지 말고 자."

…… ……

55개월. 다섯 살의 가을. 한 달 전쯤부터 소은이는 다시 잠드는 걸 무서워하기 시작했다. 소은이를 키우며 가장 힘들었던 부분이 수면 문제인데 얼마 전에 무서운 꿈을 꾼 후로부터 다시 잠자는 걸 무섭다고 하는 상황이었다. 잠이 들 때마다 흐느끼고 어떻게든 자지 않으려고 애를 쓰는 소은이를 볼 때면 안타깝기도 하고 어떨 땐 달래다 지쳐 화가 나기도 하고, 나의 존재가 무력해지기까지 했다. 아무리 안 자는 아이도 다섯 살이 되면 수면 문제가 해결된다고 하던데 소은이에게는 그것도 예외였다.

이날도 책을 읽어 주고, 자장가를 틀어 주고, 팔베개도 해 주고 온갖 방법을 동원했지만 결국 소용이 없었다. 소은이는 다시 울기 시작했고 그 순간 갑자기 침대 위 머리맡에 굴러다니는 인형이 내 눈에 들어왔다. 어디서 난 건지 출처도 생각나지 않는, 뽑기 기계에서 뽑았을 법한 작은 인형이었다. 나는 그 인형을 보고 불현듯 '꿈이'라는 이름을 붙이고 소은이에게 소개해 주었다.

"안녕? 난 꿈이라고 해! 잠잘 때 널 지켜 주는 요정이야."

울먹이던 소은이가 갑자기 울던 걸 멈추고 나를 바라보았다. 난 이거다 싶어서 다시 꿈이 흉내를 내기 시작했다.

"잘 때 무서운 야옹이 꿈꿀까 봐 무서웠지? 앞으론 내가 널 지켜 줄게. 걱정하지 말고 자. 나랑 뽀뽀하면 행복한 꿈을 꾸게 될 거야. 쪽!"

그리고 소은이 입술에 꿈이 얼굴을 갖다 대고 입맞춤을 해 주었더니 놀랍게도 소은이는 금세 웃는 얼굴이 되어 꿈이와 말을 하기 시작했다.

"꿈이야, 넌 어디에서 왔어?"

"나도 몰라. 눈을 떠보니 여기에 있었어."

"근데 왜 여기에 있는 거야? 누가 너 여기에 보낸 거야?"

"하느님이 소은이 잘 자라고 꿈이를 보내 주셨나 봐."

"이렇게 하니 너 정말 요정 같다. 꿈이야, 넌 반짝이 주황색 날개가 있어서 좋겠다! 나도 이렇게 날고 싶어."

그러더니 벌떡 일어나서 날갯짓 흉내를 내며 침대에서 폴짝 뛰는 게 아닌가. 나는 소은이를 얼른 다시 눕히고 이렇게 속삭였다.

"이제 어딜 가든 꿈이가 소은이 무서운 꿈 안 꾸게 지켜 줄 거야. 앞으로 소은이가 여행 갈 때도 꿈이 데려가자!"

"응. 꿈이 작아서 이렇게 들고 갈 수 있어."

소은이는 꿈이를 품에 꼭 껴안고 행복해하며 말했다. 그 인형이 뭐라고, 이렇게 금방 행복해질 수 있다니. 아이에게 스토리텔링이 얼마나 중요한지 실감하는 순간이었다. 방금까지 책도 안 읽겠다며 울던 아이는 내게 책을 읽어달라고 졸랐다. 꿈이와 함께 책을 읽고 싶다며. 그날 밤, 소은이는 꿈이와 함께 책을 읽으며 평화롭게 잠이 들었다. 다음 날 아침 눈을 뜨자마자 소은이는 평온한 미소를 지으며 꿈이에게 덕분에 무서운 꿈을 꾸지 않았다며 고맙다는 인사를 건넸다. 그러더니 내 팔에 꿈이를 눕히고 꿈이가 쌔근쌔근 자는 흉내를 내었다.

"꿈이 자는 거야?"

"응, 어젯밤에 나를 너무 지켜줬나 봐."

그렇게 꿈이는 내 팔에 안겨 늦게까지 늦잠을 자고 아침밥도 같이 먹었다. 소은이는 아기 때 쓰던 아기 손수건을 가지고 와서 꿈이에게 옷을 입혀 주고 돌봐 주더니, 외출을 할 때도 꿈이를 데리고 갔다. 그렇게 꿈이는 쇼핑몰까지 따라가 하루 종일 소은이와 함께 있다 집으로 돌아왔다.

그 이후로도 꿈이는 아이를 꿈나라로 안내하는 요정이 되어 지금도 함께 잠을 잔다. 꿈이가 효과가 있을 때도 있고, 없을 때도 있지만 한 가지 확실한 건 아이에게는 이런 상상 속의 이야기가 필요하다는 것이다. 어른들에게는 꾸며낸 이야기에 불과하지만 아이들은 이렇게 환상과 현실을 자유롭게 넘나들며 상상의 나래를 펼치며 살아간다. 언젠가는 아이가 꿈이와 대화를 하지 않는 날이 오겠지. 그래도 꿈이를 보며 "이건 그냥 인형이잖아."라고 시큰둥하게 말하는 날이 오면 왠지 아쉬울 것 같다. 시간이 흘러 소은이가 좀 더 자라 언니가 되어도, 상상하는 힘, 이야기를 사랑하는 어른으로 자랐으면 좋겠다.

## 우리 밥 먹고 데이트할까?

…… ……

"엄마, 우리 밥 먹고 데이트할까?"

"오, 데이트? 그래, 좋아. 근데 소은아. 데이트가 뭔지 알아?"

"음……. 주스 마시는 거지. 맞지?"

…… ……

아이가 다섯 살이 되니 못하는 말이 없다. 때론 당돌하고, 때론 야무지고, 어떨 땐 연극배우처럼 과장된 말과 행동으로 나를 웃게 하기도 한다. 특히 식탁 위에서 밥을 먹을 때 우리는 많은 이야기를 나눈다.

어느 날 식탁에 차려진 샐러드 속 계란과 메추리 알을 보고 이 둘은 왜 다르냐고 물었다. 나는 계란은 닭의 알이고, 메추리 알은 메추리라는 새의 알이라고 답해주었다. 그랬더니 알 속에 새는 어디 갔냐고, 왜 새가 없느냐는 질문이 날아왔다. 참으로 곤란한 질문이었다. 우리가 먹어 버려서 새가 되지 못했다고 솔직하게 말해야 하나? 잠시 고민했지만 지나치게 솔직할 필요는 없기에 적당히 둘러대었다. 닭이랑 새가 알을 낳으면 그 알에서 새끼가 태어나는데 못 태어나면 계란이 되어 우리가 먹는 거라고 말해 주었다. 그러자 이내 알이 불쌍하다며, 먹지 말고 알을 돌봐 주어야겠다고 말하는 소은이. 그러고서는 바로 삶은 계란을 한 입 베어 물더니 깜짝 놀라 눈을 동그랗게 뜨고 "어떡해! 내가 알을 삼켜버렸어!"라며 호들갑을 떤다. 불쌍하다고 혹시 계란을 안 먹으면 어쩌나 생각한 건 엄마의 괜한 걱정이었을 뿐.

계란뿐이 아니다. 생선이나 조개를 보며 불쌍하다고 연민의 눈길을 보내다가도, 눈앞에 차려지면 천진난만하게 잘도 먹는다. 그 모습이 우습고 귀여워 소은이와 함께하는 식사 시간이 유쾌하고 즐거웠다.

한 번은 유치원에 가기 전에 밥 대신 시리얼을 우유에 말아 주었더니 유치원 가기 전에 왜 이런 것만 주고 밥을 안 주냐며 할머니 같은 소리를 한다. 밥을 주면 잘 먹고 갈 거냐고 물으니 생선을 요리해 주면 잘 먹을 거라며 빙긋이 웃는다. 전쟁같이 바쁜 아침 시간에 생선구이라니. 이럴 때 보면 내가 낳은 아이인데 나와 달리 능청스럽기 짝이 없다.

어느 날 소은이는 밥 속에 든 렌틸콩을 보고 "엄마, 이거 콩 같은데?" 하며 의구심이 가득 찬 눈길로 나를 바라봤다. 나는 시치미를 뚝 떼고 "응? 이거 이름은 렌틸이야. 맛있어, 먹어봐."라고 말했다. 콩이 아니라고는 안 했으니 거짓말한 것은 아니라며 스스로를 위안하며. 그러자 소은이는 "렌틸?" 하면서 갸웃하더니 콩이 아닌 줄 알고 렌틸콩을 많이도 집어먹었다. 나는 아이가 너무 웃겨서 마음속으로 미소를 지으며 이번 대화는 내가 이겼다고 생각했다. 소은이는 편식 없이 골고루 먹는 편이지만 콩이라고 하면 질색을 하고 골라내기 때문이다. 그런데 다음 날 또다시 렌틸콩이 든 밥을 마주한 소은이가 하는 말이 나를 놀라게 했다.

"엄마, 이거 사실은 콩이잖아. 나 콩 되게 잘 먹지?"

그러면서 아이는 보란 듯이 렌틸콩만 집어 먹는 게 아닌

가. 아이는 렌틸이 콩인 줄 알면서도 모르는 척 속아 주는 연기를 했던 게다. 이렇게 다섯 살 꼬맹이는 이미 엄마 머리 꼭대기 위에 앉아 있었다.

하루는 오물오물 밥을 먹고 있던 소은이가 생각지도 못한 말을 내게 건넸다.

"엄마, 우리 밥 먹고 데이트할까?"

"오, 데이트? 그래, 좋아. 근데 소은아, 데이트가 뭔지 알아?"

"음……. 주스 마시는 거지. 맞지?"

"맞아, 사랑하는 사람끼리 시간을 보내는 것을 데이트라고 하지."

"그럼 우리 이제 밥 다 먹었으니까 데이트하자. 엄마는 어떤 주스 먹을 거야? 난 요구르트, 엄마는 술?"

"엄마는 술 못 먹어."

"그럼 엄마는 뭐 먹어? 물?"

"엄마는 차."

그렇게 소은이는 요구르트를, 나는 차를 마시며 우리만의 데이트를 즐겼다. 우리 집에는 술을 먹는 사람도 없는데 술이라는 말은 또 어디서 들었을까. 데이트가 주스를 마시는 거라는 건 또 어디서 배웠고. 어쨌든 그 덕분에 소은이와 식탁에 앉아 데이트하는 기분을 내면서 즐거웠다. 평범한 식탁이, 단조롭게 흘러갈 법한 일상이 소은이로 인해 다채롭고 풍성해진다. 어쩌면 이것이야말로 아이가 있는 집의 풍경일지도.

문득 아이가 좀 더 자라서 정말 함께 데이트를 하러 나가는 즐거운 상상을 했다. 소은이의 손을 잡고 쇼핑도 하고, 카페에서 차도 마시고, 서점에도 가고……. 그 시간들은 얼마나 행복할까. 내게 또 어떤 웃음을 안겨 줄까. 물론 그때가 되면 아이는 엄마와 다니는 것보다 친구들과 지내는 걸 더 좋아하겠지만.

얼마 전에는 무슨 말을 하다가 "근데 요즘 포도가 비싸더라."라고 중얼거리는데 그 말투와 모습이 영락없이 시장가는 아주머니 같아서 웃음이 났다. 언젠가 소은이가 나이를 먹고, 아주머니가 되면, 정말로 포도가 비싸다고 투덜대는 날도 오지 않을까? 그 평범하고도 소박한 일상을 꿈꾸며, 오늘도 나는 아이와 식탁에 앉아 도란도란 행복한 대화를 나눈다.

# 3

# 아이가 부모에게 주는 사랑의 말

소은이와 나눈 대화 속에는 '엄마'와 관련된 말들이 유난히 많다. 쓰다 보니 내가 그동안 아이에게 얼마나 많은 사랑을 받았는지 알 수 있었다. 아이가 부모에게 주는 사랑은 위대하다. 사람들은 모성이 본능이라고 하지만 사실은 어린아이의 부모에 대한 사랑이야말로 그 어떤 것보다 본능적이고 위대한 게 아닐까. 어린아이에게 부모는 곧 세상이요, 삶의 전부나 마찬가지이므로. 누군가에게 내가 그 사람의 전부이자 세상이 되는 경험은 열렬한 사랑만을 통해 가능하다. 그래서 아이가 부모에게 주는 사랑의 메시지에는 강력한 힘이 있다.

## 가장 행복한 순간은

... ...

"소은아, 우리 소은이는 언제 가장 행복해?"

소은이가 나를 빤히 바라보았다.

"엄마."

(1초의 침묵)

"엄마랑 있으면 나는 행복해."

... ...

자려고 누워서 잠자리 독서를 하고 뒹굴뒹굴하다 아이
에게 말을 걸었다. 아이와 가장 진솔한 대화를 할 수 있는
시간이 이 시간이라는 것을 잘 알고 있기 때문이다. 소은이
에게 요즘 힘든 일은 없는지 묻자 다행히 별다른 답을 하지
않는다. 나는 내심 안심하며 다음 질문을 던졌다.

"소은아, 우리 소은이는 언제 가장 행복해?"

소은이가 나를 빤히 바라보았다.

"엄마. (1초의 침묵) 엄마랑 있으면 나는 행복해."

나는 가슴이 먹먹해서 아무 말도 할 수 없었다. 아이는

'엄마'라는 단어가 보석이라도 되는 듯 나직이 그 말을 내뱉었다. 호칭으로서 엄마를 부른 게 아니라 나의 질문에 대한 답변이었다. 아이에게 가장 행복한 단어는 아이가 좋아하던 시크릿 쥬쥬도, 달콤한 아이스크림도 아닌 바로 '엄마'였다.

그 순간 달리 어떤 말이 필요하지 않았다. 그냥 가슴이 뜨거워져 아이를 안았다. 아이에게는 엄마와 있는 순간이 가장 행복한 것이란 걸 왜 나는 몰랐을까. 그리고 아이에게 많이 미안해졌다. 나는 과연 아이와 있을 때 가장 행복하다고 할 수 있을까? 아이와 있는 시간은 어떻게든 버티고 비로소 혼자 있는 시간이 되어야 마음의 안도감이 들지는 않았던가? 아이는 매 순간 자신과 오롯이 시간을 보내는 엄마를 원하는데 나는 아이 곁에서 핸드폰만 들여다보고 있지는 않았던가?

아이에게 엄마랑 있는 순간이 행복한 시절이 되는 시간은 어느 정도일까. 3년? 어쩌면 3년도 남지 않았을지 모른다. 유치원에 입학하고, 학교에 가면 아이는 또래와 있을 때 행복을 느낄 것이고, 어른이 되어서는 사랑하는 사람, 또는 자신이 하고 싶은 일을 하며 행복을 느낄 것이다. 공부, 직장, 연애, 결혼 등에 밀려 부모는 점점 뒷전이 되겠지. 그리고 먼 훗날 나이가 들어 다시 엄마를 돌아본다고 하더라도 그때 아이에게는 자신이 꾸린 새로운 가정이 있을 것이다. 결국 아이의 인생에서 엄마와의 시간이 가장 행복한 시절은 바로 지금이란 것을 깨달았다. 시간이 지나면 내가 아무리 아이와 함께 있고 싶다고 졸라도 아이는 내 품을 벗어날 것이다. 내가 나의 엄마에게 그랬던 것처럼.

요즘 아이는 길을 가다 예쁜 돌멩이나 나뭇잎, 빨간 열매, 솔방울 등이 있으면 엄마를 주겠다고 고사리 같은 손으로 그걸 주워 온다. 정확한 나이는 기억나지 않지만 어린 시절의 내가 그랬다. 맛있는 음식이 생기거나 소중한 것이 있으면 엄마에게 가져다주려고 한겨울에도 손을 주머니에 넣지 못하고 손바닥을 웅크린 채로 뭔가를 들고 오던 기억이 난다. 그리고 집에 있는 엄마에게 그걸 건네드리곤 했다. 그걸 받을 때 엄마의 마음은 어땠을까? 지금의 나처럼 뭉클하고 기뻤을까?

어린 시절에 엄마를 사랑하는 아이의 마음은 어쩌면 엄마가 아이를 사랑하는 마음보다 더 클지 모르겠다는 생각이 들었다. 우리는 흔히 부모가 자식에게 주는 사랑이 더 크다고 생각할지 모르지만 사실은 그 반대일지도 모른다.

아이들은 부모를 맹목적으로 사랑한다. 부모가 잘못을 해도 용서하고, 부모가 자신을 바라보지 않아도 부모를 바라본다. 아이에게는 부모가 세상의 전부이니까.

유난히 예민했던 아이. 키우는 것 자체가 너무 힘들고 버거워서, 내 목숨을 바치다시피 하여 키운 아이. 그래서 늘 아이에게 최선을 다했다고 생각했고, 늘 넘치는 사랑을 주고 있다고 여겼다. 하지만 이날 아이와의 대화를 통해 깨달았다. 아이를 더 온몸으로 사랑해 주어야 한다는 것을. 언젠가 엄마가 아이의 행복 순위에서 밀려날지라도, 엄마랑 있는 것이 가장 행복하다는 아이의 마음이 변하지 않을 때까지는 더 많이 아껴 주고 사랑해야겠구나. 그리고 설령 언젠가 너에게 엄마보다 더 사랑하는 것이 생긴다 하더라도 서운하지 않게, 지금 실컷 사랑하고 보듬어 줄게. 사랑한다. 소은아.

## 어린이 집에 등원하던 날

…… ……

"엄마 이거 손에 붙이고 있어.

이거 붙이고 있으면 엄마랑 나랑 연결되는 거야."

…… ……

2주간의 가정 보육을 끝내고 아이가 다시 어린이집에 등원하기 시작했다. 2주 동안 집에서 엄마와 딱 달라붙어 있어서 혹시 어린이집에 안 간다고 하면 어쩌나 내심 걱정했는데 아이는 아무렇지 않게 일상을 회복했다. 집을 나서기 전 아이는 어디서 났는지 갑자기 반짝이는 은색 별 스티커를 가지고 와 내 손등에 붙여 주었다. 그리고 같은 모양에 색깔만 다른 보라색 별 스티커를 자신의 손등에 붙였다.

"엄마, 이거 손에 붙이고 있어. 이거 붙이고 있으면 엄마랑 나랑 연결되는 거야. 나도 엄마 보고 싶으면 이거 볼 테니까 엄마도 내가 보고 싶으면 이거 봐. 엄마가 보고 싶을 때 이걸 보면 별이 엄마 얼굴로 보이는 거야."

"어머, 정말? 신기하다. 그럼 잃어버리면 안 되겠네. 조심해야겠다."

나는 혹시나 손등의 스티커가 떼어지면 아이가 울까 봐 걱정이 되었다. 손등에 붙은 스티커는 놀다가 없어질 것이 불 보듯 뻔한데 울고불고할 아이의 모습이 그려졌다.

"엄마, 잃어버려도 괜찮아. 손에 흡수가 되는 거야. 그래도 잃어버리지 않게 조심해."

나는 머리를 뿅망치로 한 대 얻어맞은 것 같았다. 아이는 내가 생각하는 것보다 훨씬 더 성장해있었다. 더 이상 스티커가 없어졌다고 우는 꼬맹이가 아니었구나. 스티커에 의미를 부여하지만 그것은 상징일 뿐, 그게 전부가 아니고 중요한 것은 마음이라는 것을 아이는 알아차린 것이다. 언제 이렇게 마음이 컸을까? 다섯 살이 되면서 요즘 부쩍 아이가 커버린 느낌이다.

키우며 줄곧 힘들었던 아이, 한 번도 쉬운 적이 없던 아이가 이제는 조금 키울 만하게 느껴진다. 순한 아이는 100일, 보통의 아이는 돌 무렵 엄마들에게 기적이 찾아온다. 아이가 통잠을 잔다거나, 육아가 좀 쉬워질 때 엄마들이 쓰는 표현인데 나는 여태껏 그 기적을 한 번도 경험한 적이 없었다. 조금 예민하다 싶어도 두 돌 되면 살 만하다는 친구의 이야기도 헛된 희망이었다. 세 돌 때는 어린이집 사건으로 힘듦이 극에 달했고, 네 돌을 앞둔 지금에야 '아, 이것이 사람들이 말한 기적이구나.'를 비로소 느낀다. 이제는 남들처럼 아이를 욕조에 앉혀 머리를 감길 수 있고, 드라이기로 머리를 말릴 수도 있다. 이 사소한 일상이 우리 아이에게는 왜 그리 힘들었을까. 물론 아직도 응가를 변기에 누지 못하고, 쉽게 잠들지 못하는 밤이 많지만. 이 또한 유치원에 가면 나아지겠지 하는 마음으로 기다려 주기로 했다.

아이를 어린이집에 보내고 내 손등에 붙은 스티커를 들여다본다. 아이가 했던 말처럼 그걸 보고 있자니, 반짝이는 별이 마치 아이 얼굴처럼 빛나 보였다. 말 한마디, 행동 하나로 나에게 감동을 주는 아이. 민감하고 예민한 아이는 정서적으로 안정된 환경에서 특별한 잠재력을 발휘한다는 말이 이제 조금씩 실감 나기 시작한다. 그리고 이 평온함이 부디 오래 이어지길, 앞으로 기적같이 감사한 날들만 이어지길 기대해 본다.

## 엄마 배 속 시절을 기억하며

… …

"엄마, 근데 사실 나는 슬퍼서 울었어."

"소은이는 왜 슬펐어?"

"엄마가 너무 보고 싶어서."

… …

자려고 누웠는데 뒹굴뒹굴하던 소은이가 묻는다.

"엄마, 나 사랑해?"

"그럼. 엄마는 소은이를 너무 사랑해. 소은이는 엄마, 아빠의 소중한 보물이야. 엄마, 아빠에게 정말 소중해."

"다른 친구들보다 더 소중해?"

"응. 엄마, 아빠에게는 소은이가 가장 소중하지."

"다인이는?"

"다인이는 다인이 엄마에게 가장 소중해."

"가윤이는?"

"가윤이도 가윤이 엄마에게 가장 소중한 보물이지."

그렇게 소은이는 어린이집 같은 반 친구들의 이름을 하

나하나 다 부르며 친구가 소중한 존재인지 확인했다.

"그러니까 모든 친구들이 다 소중한 거야. 친구들 엄마, 아빠에게는 그 친구가 가장 소중하거든. 엄마에게는 우리 소은이가 가장 소중해. 소은이가 태어났을 때 엄마가 얼마나 기뻤다고. 소은이가 엄마 배 속에 생겼을 때는 너무 기뻐서 엉엉 울었어."

"기쁜데 왜 울어?"

"원래 너무 좋으면 눈물이 나오는 거야. 슬플 때도 눈물이 나지만 너무 기쁘면 눈물이 나오거든."

"나도 울었어. 엄마 배 속에서."

"정말? 소은이는 왜?"

"엄마 배 속에서 다 들었거든. 배꼽으로 들렸어."

이 말을 듣는데 갑자기 눈물이 핑 돌았다. 아기가 배 속에서 우리와 함께 듣고 있었다니. 정말 탯줄로 내가 우는 소리가 들렸을까? 그것이 사실인지 아닌지 확인할 길이 없지만 태어나기도 전에 엄마의 몸속에서 엄마의 말을 듣고, 엄마의 감정을 느끼고 있었다고 생각하니 순간 감동하여 눈물이 나왔다. 나는 소은이 몰래 눈물을 훔치며 소은이의 말이 너무 감동적이라고 말했다. 그러자 소은이가 나의 볼을 손으로 감싸더니 "그치? 나도 너무 감동적이야."라고 답했다. 가끔씩 아이와 마주 보고 누워있으면 아이가 고사리 같은 작은 손으로 내 볼을 감싸 줄 때가 있다. 그럼 아이의 따뜻한 체온이 나에게 전해지면서 온몸이 따뜻해지고 편안해지곤 했다. 이 조그만 녀석에게서 얻는 마음의 평화와 위안.

"엄마, 근데 사실 나는 슬퍼서 울었어."

"소은이는 왜 슬펐어?"

"엄마가 너무 보고 싶어서."

"엄마 배 속에서 엄마가 너무 보고 싶어서 울었어?"

"응, 진짜야."

한참을 잠 못들고 뒤척이던 아이는 엄마에게 궁금증을 남기고 마침내 잠이 들었다. 진짜일까? 나는 잠든 소은이를 물끄러미 바라보았다. 정말 아기가 엄마 배 속에서 울 수 있을까? 배 속에서 잠자는 소은이의 얼굴은 초음파로 본 적 있지만 우는 건 본 적이 없는데? 나는 잠시 배 속에서 울고 있는 아이를 떠올리며 엉뚱한 상상을 해 보았다. 과학적으로 엄마의 감정이 아이에게 전달되는 것은 맞으니 소은이의 말에는 일리가 있었다. 엄마가 하는 말을 듣고, 엄마의 생각과 감정을 느끼고, 엄마와 하나로 연결되어 있는 태아.

배 속 아기가 운다면 그것이야말로 마음속으로 우는 것일 텐데. 엄마 배 속에서 엄마가 보고 싶어 울었다는 아이의 말에 나는 가슴이 먹먹하여 한동안 잠이 오지 않았다. 아이가 엄마에게 주는 사랑, 아이의 엄마를 향한 사랑은 부모가 아이에게 주는 사랑보다 더 깊다는 생각이 다시금 들었다. 부모는 이 시기에 아이들에게 받은 사랑을 평생 동안 조금씩 돌려주면서 사는 건지도 모른다.

아이를 재울 때 머리를 쓰다듬어 주면서 사랑의 언어들을 들려주는데 그럴 때마다 소은이는 마음이 편안해지는 미소를 짓는다. 그리고 잠들 때까지 계속 머리를 쓰다듬어 주고, 사랑한다고 말해달라 조른다. 아이는 이렇게 끊임없이 사랑을 확인하고 싶어 했다. 마치 처음 연애를 시작한 남녀가 서로에게 그러하듯이. 내가 조금만 화를 내거나 서운하게 하면 "엄마, 나 안 사랑하지?" 하고 눈물을 뚝뚝 흘리고 어느 날 갑자기 난데없이 "엄마, 나 사랑해?" 하며 자꾸만 확인한다.

어느 날 문득 아이의 마음이 처음 연애를 시작하는 남녀의 마음과 비슷하다는 걸 알았다.

'아! 소은이는 지금 나와 연애 중이구나.'

남자든 여자든 결국 상대를 더 좋아하는 사람의 마음이 애타고 간절한 법이다. 처음에는 아이가 엄마를 더 좋아하지만(너무 좋아해서 상대를 힘들게 할 수준으로) 아이는 커가면서 점점 엄마에게서 멀어질 것이다. 때론 다투고 토라지고 상처받는 날들도 오겠지. 결국 유아기는 아이의 시점으론 엄마와 사랑이 시작되는 연애 초기인 셈인데 나는 그걸 너무 간과하고 있었다. 아이는 오매불망 엄마만 바라보는데 엄마는 항상 바쁘고 다른 일을 하느라 자신에게 집중해 주지 않는다. 그럼 아이는 불안하고 속상해진다. 엄마가 정말 자신을 사랑하는지 확인하고 싶어진다. 엄마가 곁에 있어도 아이는 외롭다.

여기까지 생각이 미치자 아이에게 너무 미안한 마음이 들었다. 나는 지금 아이에게 얼마나 온전한 사랑을 주고 있을까? 소은이에게 더욱 충만한 사랑을 경험하게 해 주고 싶은데, 현실적으로 아이만 바라보고 아이에게만 집중하는 것이 쉽지가 않다. 글도 써야 하고, 병원도 다녀야 하고, 집안일도 해야 하고, 책도 읽어야 한다. 하고 싶은 일과 해야 할 일이 너무 많은데 어떻게 하면 아이가 엄마의 사랑을 의심하지 않게 할 수 있을까? 나는 다른 일에 신경을 쓰느라 아이를 뒷전에 둔 것은 아닌지 마음이 아팠다. 아이에게는 엄마를 온전히 차지했다는 만족감이 필요한 것일 텐데. 나는 여전히 너무 바쁜 엄마였구나. 그제야 아이가 나에게 엄마는 나랑 놀아 주지도 않고, 맨날 바쁘다며 칭얼거리던 말들이 말풍선처럼 머릿속에 떠오른다. 계속 함께 있었는데 조금만 다른 일을 하려 하면 이런 말을 내뱉는 아이가 원망스러울 때도 있었다. 그런데 연애 중인 커플에 대입을 해보니 아이의 입장이 이해가 되었다. 하루 종일 같이 있어도 헤어질 때 아쉬운 것처럼. 아이는 엄마와 함께 있어도 잠드는 게 아쉬운 것이구나. 아이에게는 엄마와 같이 있었다는 것만으로는 부족한 것이다. 더 강렬하게, 더 진하게, 엄마와 사랑을 주고받고 싶은 아이의 마음을 그동안 미처 몰랐다.

소은아, 미안해. 이제 마음만이 아니라 행동으로 더 사랑을 보여 줄게. 네가 사랑받고 있다는 것을 충분히 느낄 만큼, 더 이상 엄마에게 사랑을 확인하지 않아도 될 만큼, 엄마가 더 많이 사랑하고 아껴 줄게.

## 아빠랑 결혼한다고?

… …

"이게 내 결혼반지야. 아빠랑 나랑 결혼해야지."

"아빠는 이미 엄마랑 결혼했는걸?"

"그래도 또 결혼해."

… …

며칠 전 남편이 편지 봉투 한 장을 내게 건넸다. 손바닥만 한 크기의 빨간색 편지 봉투였다. 내게 고마운 마음을 전할 일이 있어 오랜만에 남편이 쓴 편지였다. 그런데 내 손에 편지가 전달되기도 전, 눈 깜짝할 사이에 봉투가 눈앞에서 사라지고 말았다. 범인은 다섯 살 꼬맹이. 소은이는 침대에 발라당 눕더니 봉투에서 카드를 꺼내 또박또박 읽기 시작했다.

우리 사랑하는 소은이 잘 있었어? 난 아빠야.
우리 소은이 매일매일 심심하지 않아? 아빠는 회사에서 소은이 매일매일 생각해. 우리 사랑하는 소은이 매일매일 사랑해.

그리고 아빠는 소은이 편이야.

소은이는 낭랑한 목소리로 천연덕스럽게 편지를 읽어
나갔다. 카드를 거꾸로 들고서. 난 그런 아이가 귀엽기도
하고 한편으로는 어처구니가 없어서 아이를 보고 있었다.
소은이는 마치 눈앞에 글자를 보고 읽는 것처럼 막힘이 없
었다. 누가 보면 정말 아빠가 소은이에게 편지를 쓴 줄 알
정도로 완벽한 연기였다. 아마도 아이가 아빠에게 듣고 싶
은 말이었으리라. 낭독을 마친 소은이는 뿌듯한 얼굴로 나
를 바라보며 "엄마, 아빠가 나한테 편지 써줬어."라고 말하
더니 씩 웃었다.

요새 소은이는 아빠에 대한 사랑이 부쩍 커졌다. 원래도
아빠를 좋아하긴 했지만 요즘은 왠지 엄마보다 아빠를 더
많이 찾는 기분이랄까. 자려고 누우면 아빠가 보고 싶다며
흐느끼기도 하고(우리 집은 안방에서 내가 소은이를 재우고, 남편은 서재
방에서 따로 잠을 잔다), 그림책은 엄마가 읽고, 아빠는 자기 옆에
누워 자기를 토닥이라고 요구하기도 한다. 그러더니 어느
날은 안방 벽에 걸린 웨딩 사진 액자를 물끄러미 바라보며
이렇게 물었다.

"엄마, 저 때 결혼한 거야?"

"응, 맞아. 아빠랑 결혼한 거야."

"어떻게 저런 좋은 아빠를 구했어?"

"소은이, 아빠 좋아?"

"응, 아빠는 멋있어."

몇 달 전까지만 해도 같은 결혼사진을 보며 엄마가 공주처럼 예쁘다고 칭찬하고, 엄마의 하얀 웨딩드레스에 감탄했던 것과 달리 이제는 아이의 신경이 아빠에게 쏠려있는 것을 알 수 있었다. 또 어느 날은 식탁에 앉아 거실에 걸린 결혼식 가족 단체 사진을 한참 바라보더니 이렇게 물었다.

"저거 엄마랑 아빠 결혼사진이야? 저 때 나는 없었어?"

"응, 저 때 소은이는 아직 안 태어났지."

"왜 나는 없어?"

"소은이는 엄마, 아빠가 결혼을 하고 나서 생긴 거니까."

잠시 후 소은이가 장난감 반지를 들고 나타났다.

"이게 내 결혼반지야. 아빠랑 나랑 결혼해야지."

"아빠는 이미 엄마랑 결혼했는걸?"

"그래도 또 결혼해."

"아빠는 이미 엄마랑 결혼했어. 소은이는 이다음에 커서 아빠 같은 남자 만나서 결혼해."

"나도 크면 아빠 같은 남자랑 결혼해서 아이 낳고 아이한테 밥 챙겨 주고 할 거야."

소은이에게 아빠가 결혼하고 싶은 멋진 남자라니 다행이다 싶으면서도 이것이 프로이트가 말한 '남근기'구나 싶어 복잡한 마음이 들었다. 남근기가 되면 이제 아이가 엄마에게 애정을 쏟고, 엄마를 무한정 사랑하는 시기는 지나고, 그 애정의 대상이 이성 부모에게로 옮겨가기 때문이다.

교육학을 공부할 때, 인간의 여러 발달 단계를 배우면서 나중에 내 아이가 태어나면 이게 맞는지 검증해 보고 싶은 마음이 있었다. 그런데 정신없이 아이를 키우다 보니 프로이트가 말하는 구강기와 항문기는 벌써 저만치 지났고 이제 남근기에 접어들고서야 비로소 그 특징이 눈에 보인다. 이론으로 배우던 내용이 막상 현실로 나타나니 신기하기도 하고, 재미있기도 하다. 이런 게 눈에 들어올 정도인 걸 보면 비로소 육아가 조금은 할 만해진 것 같기도 하다.

이 시기의 아이가 이성 부모에게 더 관심을 갖고, 사랑을 갈구하는 것은 자연스러운 일이라는 것을 알면서도 막상 아이가 아빠에게 매달리고 나를 외면하면 마음이 조금 아플 것 같다. 친정 엄마도 내가 어렸을 때 엄마, 아빠가 벌인 내기에서 엄마가 아닌 아빠를 응원한 것을 아직도 기억하고 말씀하시니까. 벌써 30년도 더 지난 이야기인데 엄마의 마음속에는 그게 서운함으로 남았었나 보다. 소은이는 아직 엄마보다 아빠가 좋다거나, 엄마를 싫어하는 모습은 보이지 않지만 혹시라도 아이가 아빠를 더 좋아한다고 하더라도 상처받지 않아야겠다.

아무리 많이 사랑하려 해도, 늘 부족하게 여겨지는 아이에 대한 사랑. 오늘도 잠이 든 아이의 뺨에 살며시 손을 대보며 낮 동안 더 많이 사랑해주지 못한 게 미안하다. 그럼에도 불구하고 엄마를 이해해 주고, 사랑해 주고, 엄마에게 무한한 힘을 실어주는 사랑스러운 내 딸. 부디 지금의 발달 단계도 물 흐르듯 자연스럽게 지나 몸과 마음이 건강한 아이로 자라기를 소망한다. 또 아이의 바람대로 먼 훗날 아빠와 같이 좋은 사람을 만나 결혼을 하고, 아이를 낳아 행복한 가정을 꾸렸으면 좋겠다. 그때까지 내가 할 수 있는 일은 아이를 더 많이 사랑하고, 더 많이 아껴 주는 것이겠지.

요즘 소은이가 하는 말 중에 마법 같은 힘이 솟아나게 하는 말이 있다.

엄마, 아빠. 나는 매일매일 행복해!

아이가 행복하다는 것, 이것이야말로 부모를 행복하게 하는 말 아닐까. 앞으로도 소은이가 늘 행복했으면 좋겠다. 소은이의 앞날에 늘 따뜻한 햇살이 비추길 오늘도 간절히 기도한다.

## 마음속 영원한 꽃

… …

"예쁜 꽃이 있어 엄마에게 선물하고 싶었어."

"정말 예쁜 꽃이네. 그런데 이렇게 꽃을 꺾으면

바로 시들어 버릴 텐데 어쩌지?"

"괜찮아. 꽃이 시들어 버려도 엄마 마음에 있어."

… …

제주도 숙소 앞. 차를 타지 않고 땡청을 부리고 있는 소은이. 나는 약간 짜증이 섞인 목소리로 소은이에게 빨리 올 것을 재촉했다. 뛰어온 아이의 손에는 꽃 한 송이가 들려있었다.

"예쁜 꽃이 있어 엄마에게 선물하고 싶었어."

'엄마에게 줄 꽃을 따느라 그랬구나.'

나는 그런 줄도 모르고 아이에게 짜증을 부린 것이 미안했다.

"정말 예쁜 꽃이네. 그런데 이렇게 꽃을 꺾으면 바로 시들어 버릴 텐데 어쩌지?"

"괜찮아. 꽃이 시들어 버려도 엄마 마음에 있어."

뭉클했다. 어른의 눈으로 보는 것보다 더 많은 걸 보는 소은이. 아이는 예쁜 것을 보면 엄마에게 주고 싶고, 그 대상이 사라지더라도 엄마의 마음에 감정이 전해진다는 걸 누구보다 잘 알고 있었다. 아이의 그 마음이 고맙고 대견했다.

"엄마는 예뻐. 꽃도 예뻐. 이거 민들레꽃이야. 민들레 반 선생님 보고 싶다."

"민들레 반 선생님 보고 싶구나? 선생님도 소은이가 많이 보고 싶으실 거야. 우리 여름 방학 끝나면 다시 유치원 가서 선생님이랑 신나게 놀자."

"응! 그러자."

소은이는 유치원에서 민들레 반이었다. 민들레꽃을 보니 담임 선생님이 생각났나 보다. 아이가 담임 선생님을 보고 싶어한다는 건 반가운 얘기가 아닐 수 없다. 선생님을 좋아한다는 것이니까.

민들레 반 선생님은 예쁘고 상냥한 20대 아가씨 선생님이었다. 앳된 외모에 아담한 키, 첫 만남에서 경력이 많지 않아 보이는 선생님의 모습에 조금 걱정이 되었다. 초임 교사 시절, 나를 바라보는 학부모님들도 이런 심정이었을까. 다행히 아이는 선생님을 잘 따랐고, 별 탈 없이 1학기가 끝났다. 첫 어린이집에서 담임 선생님을 잘못 만나고, 일련의 사건을 겪은 후 내게 가장 중요한 건 오직 하나, 담임 선생님의 인품과 아이를 사랑하는 마음이었다.

나는 다시 한번 평온한 우리의 일상에 감사하며, 민들레 반 선생님께도 고마웠다. 유치원 생활을 잘하고 있는 아이에게도. 차를 타고 가면서 바깥 풍경을 보며 아이는 노랫말을 지어부르기 시작했다. 창밖으로 스쳐 지나가는 모든 것들이 소은이의 입에서 노래가 되어 나왔다.


나무야, 너는 왜 여기 서 있는 거냐.

꽃아, 너는 왜 시들어 버리냐.

책아, 너는 왜 찢어지지 않는 거냐.

차야, 너는 왜 움직이지 않는 거냐.

마트야, 너는 왜 계산을 안 하는 것이냐.

열매야, 너는 왜 터지는 것이냐.

물아, 너는 왜 쑥쑥 안 자라는 것이냐.

불아, 너는 왜 안 죽는 것이냐.


소은이는 마치 시조를 읊는 것처럼, 정확하게 비슷한 문장 구조를 반복했다. 눈으로 대상을 보고, 그 대상의 특징을 파악해서 순식간에 말로 표현해내는 아이의 능력이 놀라웠다. 중간에 의문이 생기면 잠시 읊는 것을 멈추고 내게 질문을 하고, 궁금증이 해소되면 다시 노래를 이어 나갔다.


신호등아, 너는 왜 사람들을 못 가게 하냐.

해파리야, 너는 왜 사람들을 물고 가냐.

꽃게야, 너는 왜 사람들을 집게로 물고 가냐.


그렇게 꼬마 시인의 시는 노래가 되어 차 안에 울려 퍼졌다. 멀리 하늘과 바다가 만난 수평선이 보이고, 바람은 시원하고, 신이 난 아이의 웃음과 노랫소리를 들으며 다시 한 번 제주도에 오기 잘했다는 생각이 들었다. 아이는 창문 너머로 바닷바람이 들어와 머리카락을 헝클어트릴 때마다 웃음을 터트렸다.

여행이 주는 기쁨. 일상을 잠시 벗어나 느끼는 자유로움과 해방감은 아이에게나 어른에게나 마찬가지인 듯하다. 이제 사진과 기억 속에만 남아있는 보석 같은 시간들을 곱씹으며 그때의 추억을 글로 남겨본다. 아이가 준 민들레 꽃은 이미 시들어 버렸지만, 엄마에게 사랑을 표현한 그 예쁜 마음은 영원히 내 가슴속에 남아있을 것이다.

## 화를 내도 사랑해

… …

"엄마가 화내면 엄마가 덜 예쁘고,

엄마가 나 사랑해 주면 엄마가 더 예뻐.

엄마가 화내면 내 기분이 어떨까?"

… …

어느 주말 아침이었다. 잠에서 깬 소은이와 침대에 나란히 누워 있는데 소은이가 먼저 코치기를 제안했다.

"엄마, 우리 코치기하자. 코치기 코치기 코코코."

코치기는 어릴 때 친정 엄마가 내게 해 주신 스킨십 놀이였다. 얼굴을 서로 마주 보고 노래를 부르면서 코와 코를 부딪치면 된다. '코치기 코치기 코코코'라는 구절을 리듬감 있게 두 번 반복하면 되는데 '코치기' 부분에서는 코를 좌우로 비스듬하게 부딪치고, '코코코' 부분에서는 코를 마주 대고 코 끝을 세 번 콩콩콩 부딪치면 된다. 친정 엄마가 지어낸 것인지, 원래 있는 놀이인지는 모르겠지만 이 코치기 스킨십은 우리만의 사랑 표현이 되었다. 그리고 소은이가 태어나고 아기 때부터 나도 자연스럽게 아이에게 코치기 노래를 불러주며 스킨십을 하곤 했다. 간지럼을 많이 타는 소은이는 내가 코치기를 하려고 하면 까르르 웃기도 하고, 어떨 때는 너무 신이 나서 코를 세게 부딪히는 바람에 코가 아플 때도 있었다.

여느 때처럼 이날도 우리는 신나게 노래를 부르며 코를 부딪치고 서로를 끌어안았다. 코치기가 끝나자 소은이가 말했다.

"엄마, 이번엔 우리 뽀뽀하자."

"뽀뽀는 아직 안 돼. 엄마 감기 덜 나았잖아."

"이미 내가 했는데? 아무렇지도 않았어."

"언제?"

"엄마 어제 잘 때 내가 몰래 했어. 히히."

"어머 그랬어? 엄마 몰랐네."

나는 태연한 척 대화를 이어나갔지만 사실 소은이의 말에 코 끝이 찡해질 만큼 감동을 받았다. 내가 자고 있을 때 아이가 나 몰래 내 입술에 뽀뽀를 할 줄이야. 아이의 잠든 모습을 보며, 너무 사랑스러워 내가 뽀뽀를 한 적은 많지만 아이가 내게 그런 행동을 할 것이라곤 생각하지 못했다.

어느 날 소은이가 내게 물었다.

"엄마, 예쁜 여자 아가가 태어나서 좋았어?"

"예쁜 여자 아가가 바로 너야?"

"응, 내가 태어나서 엄마 좋았지?"

가끔은 이렇게 엄마의 사랑을 확인하고 싶어 하기도 하고, 어느 날은 갑자기 생각지도 못한 사랑 고백을 하기도 했다. 언제였을까, 소은이가 나를 보고 활짝 웃으며 이렇게 말했다.

"나 엄마 딸로 태어나서 너무 기뻐."

그 순간 마음이 벅차올랐다. 그래서 소은이를 꼭 껴안아주며 말했다.

"소은아, 엄마도 엄마가 소은이 엄마라서 행복해."

그럼 소은이는 내 품에 안겨 행복한 표정을 지으며 고개를 끄덕였다. 마치 내 마음을 다 알고 있다는 듯이. 하루는 내가 끄적거린 그림을 보고 소은이가 이게 뭐냐고 물었다. 그림은 잉크가 번져서 얼룩이 져 있었다. 나는 잉크가 많이 묻으면 이렇게 번져서 안 예뻐진다고 말해주었다. 그러자 소은이는 그래도 엄마의 그림은 예쁘다며, 엄마 것은 봐도 봐도 예쁘다고 칭찬을 해주었다. 그리고 유치원에 그림을 가져가서 엄마가 그렸다고 자랑을 할 거라며 고사리 같은 손으로 주섬주섬 그림을 챙겼다.

　다섯 살. 아직은 아이에게 엄마, 아빠가 최고일 나이. 엄마가 그린 그림을 좋아하고, 엄마가 하는 건 뭐든 예뻐 보이고, 엄마의 사랑이 아직은 최고인 시기. 그러나 나는 안다. 소은이가 한 살, 두 살 나이를 더 먹게 되면 어느 날 엄마가 못마땅해지고, 엄마가 싫어지기도 하고, 엄마의 사랑이 간섭으로 느껴질 때도 올 것이다. 그때가 되면 부모의 마음은 어떨까? 자식에게 서운할까, 아니면 예정된 수순으로 여기며 담담하게 마음을 추스를 수 있을까.

　요즘 우리 부부가 소은이를 혼내거나 화를 낼 때면 아이는 닭똥 같은 눈물을 뚝뚝 흘리며 "엄마, 아빠 나 안 사랑하지?"라고 울먹인다. 처음에는 소은이가 진심으로 이렇게 생각하는 걸까 봐 가슴이 철렁했다. 우리의 사랑이 부족했나? 어떠한 순간에라도 부모가 자신을 사랑한다는 확고한 믿음을 주지 못했나? 그러나 시간이 지날수록 알았다. 사랑하는 연인이 다툴 때, '자기, 나 안 사랑하지?' 하고 마음에도 없는 말을 하는 것처럼 소은이도 자신의 마음이 상했다는 것을 이렇게 표현하고 있다는 것을. 이 말을 하는 이유는 결국 부모에게 '아니야. 엄마, 아빠는 너를 정말 사랑해.'

라는 말이 듣고 싶어서임을. 나는 그럴 때마다 아이에게 아무리 엄마가 화를 내고, 소은이를 혼내도 엄마는 소은이를 사랑한다고 말했다. 그리고 소은이도 엄마에게 화내고 짜증낼 때가 있지만 그래도 엄마를 사랑하는 마음은 똑같지 않냐고 물었다. 그럼 소은이는 고개를 끄덕이며 내 품에 안기곤 했다. 사실 소은이도 안다. 엄마, 아빠가 자신을 사랑한다는 걸. 그럼에도 불구하고 아이가 저런 말을 하는 게 나는 마음 아팠다.

얼마 전 소은이와 함께 본 그림책 중에《엄마가 화났다》[46]라는 최숙희 작가님의 그림책이 있다. 소은이가 세 살 때였나. 한참 육아가 힘들 때 이 책을 읽어준 적이 있다. 그때 소은이에게 그림책을 읽어 주다 펑펑 울었다. 화를 내는 엄마의 모습에서 나의 모습을 봤던 걸까. 오히려 소은이는 너무 어려서였는지, 아무 반응이 없었다. 하지만 다섯 살이 된 지금은 달랐다. 책에서는 엄마가 불같이 화를 내자, 주인공인 산이가 사라져 버리는 장면이 나온다. 그리고 뒷장에는 자장면으로 변한 산이가 등장한다. 소은이는 그 장면

---

46 《엄마가 화났다》, 글·그림 최숙희, 책 읽는 곰. 2011.

이 인상적이었는지, 내가 소은이에게 화를 내던 날, 그림책을 가져와 그 장면을 펴서 내게 보여주며 물었다.

"엄마, 엄마가 자꾸 화내서 나 사라지면 어떡해? 이렇게 스파게티 되어 버리면 어떡해?"

천진난만하게 묻는 소은이를 보며 나는 가슴이 더 먹먹했다. 그 뒤로 소은이는 내가 혼을 내거나 야단을 치면, "엄마, 엄마도 그림책에 나오는 괴물 같아." 하면서 이불을 뒤집어 쓰고 울었다. 아이는 부모를 정말 많이 사랑하는데, 사랑하는 부모가 화를 내면 자신이 사라져 버릴 것 같은 두려움을 느끼는 걸까. 엄마가 화를 내면 아이는 사랑하는 부모가 마치 괴물로 변한 것처럼 무섭겠구나. 이런 생각이 들자 그동안 아이에게 화를 냈던 게 후회되었다. 그리고 이날 이후, 아이에게 다시는 화를 내지 말아야지 다짐했다. 물론 그 다짐을 지키는 일은 여전히 어렵지만 확실히 아이에게 울컥하는 일이 줄었다.

어느 날 아이에게 화를 내고 있는 나에게 소은이가 천연덕스럽게 이렇게 질문을 던졌다.

"엄마가 화내면 엄마가 덜 예쁘고, 엄마가 나 사랑해 주면 엄마가 더 예뻐. 엄마가 화내면 내 기분이 어떨까?"

나는 이 말을 듣고 화내는 걸 멈추고 빙그레 웃을 수밖에 없었다. 예전에는 내가 화를 내면 소은이도 같이 화를 냈는데 요즘 소은이는 그렇지 않다. "엄마, 왜 그렇게 세게 말해?"라든가 "엄마, 왜 그렇게 화를 내?"라며 마치 나를 타이르듯 얘기한다. 물론 내가 화를 낼 때 대부분은 소은이가 잘못을 했거나, 십중팔구 먼저 화를 냈거나, 몇 번을 말해도 말을 듣지 않는 경우다. 다섯 살 아이가 벌써 나를 가르치려 드니, 나는 어이가 없다가도 그 모습이 또 귀여워 웃고 만다.

엄마가 화를 내도 안 예쁜 게 아니라 덜 예쁘다고 말하는 아이. 이런 아이에게 어찌 화를 낼 수 있을까. 아이에게 화를 내지 않는 것. 그리고 아이가 엄마, 아빠의 사랑을 의심하지 않을 만큼 무한한 사랑을 심어 주는 것이 이제 나의 또 다른 목표가 되었다. 아이는 잘 키우기 위해서 낳은 게 아니라, 사랑하기 위해 낳은 거라는 어느 육아 전문가의 말을 떠올리며, 오늘도 더 많이 사랑하고, 안아 주고 싶다.

소은아! 널 키우며 많은 일이 있었지만 그래도 엄마는 여전히 너를 사랑해. 소은이가 엄마 딸로 태어나 줘서 너무 기뻐. 부디 더 오래, 더 많이, 사랑하며 마주 보며 살자, 우리.

## 언젠가 아이가 사랑하는 남자를 데려온다면

… …

**"나 지호 오빠랑 결혼할 거야."**

… …

주말에 소은이 친구가 집에 놀러 왔다. 어린이집에서부터 지금까지 유치원을 함께 다닌 친한 친구지만 둘이 워낙 취향이 비슷한 지라 사소한 걸로 계속 부딪쳤다. 그림을 그려도 꼭 같은 색깔 색연필을 쓰고 싶어 했고, 장난감을 갖고 놀아도 꼭 같은 걸 하고 싶어 했다. 입고 싶은 옷도, 하다못해 컵이랑 숟가락까지도 취향이 같다 보니 서로 가지겠다고 다투기 일쑤. 그렇게 하루 종일 몇 번을 울고 토라지고, 화해하고를 반복했을까. 저녁이 되어 친구가 집에 간 후 소은이가 내게 말을 걸었다.

"(손가락으로 수를 세며) 나 엄마한테 오늘 하나, 둘, 셋, 넷……. 아홉 개 화났어."

"어머, 우리 소은이 뭐가 그렇게 화가 났어?"

"엄마가 다인이 편만 들어서."

"아니야 소은아. 오해야. 엄마는 우리 소은이 편인걸?"

"다인이 없을 때만 소은이 편이야?"

"아니야. 엄마는 항상 소은이 편이야. 소은이를 세상에서 가장 사랑해."

아이 딴에는 엄마가 다툴 때마다 친구 편을 들어준 것 같아서 서운했나 보다. 녀석, 그래서 아까 그렇게 서럽게 울었던 걸까. 나는 소은이가 안쓰러워 소은이의 머리를 쓰다듬었다.

"엄마, 나 오늘 엄마에게 아홉 개 화났지만 엄마를 셀 수 없이 많이 사랑해."

"어머, 정말?"

순간 나는 가슴이 뭉클해서 아이를 꼭 껴안았다.

"엄마는 나 얼마만큼 사랑해?"

"엄마는 소은이를 하늘, 땅만큼 우주만큼 사랑하지."

"나도 엄마 하늘, 땅만큼 우주만큼 사랑해. 천백 개 사랑해."

셀 수 없이 사랑한다더니 아이가 셀 수 있는 가장 큰 수는 천백 개였던 걸까. 천백 개의 사랑은 대체 얼만큼일까. 천백 개의 하트를 머릿속으로 그려 본다. 우주만큼 사랑한다는 눈에 보이지 않는 말보다 소은이가 말한 천백 개의 사랑이 내 마음에도 더 와닿았다.

"엄마 내가 스물다섯 살이 되면 엄마가 할머니가 되는 거야?"

"아니, 무조건 스물다섯이 되면 할머니가 되는 게 아니라 소은이가 결혼하고 아이를 낳아야 엄마가 할머니가 되는 거야. 그 아이가 엄마를 할머니라고 하는 거거든."

"그래? 그럼 나 빨리 결혼할래."

"정말?"

"응, 그럼 엄마가 나한테도 예쁜 반지 줄 거잖아. 그렇지?"

아뿔싸. 소은이는 며칠 전 내가 보여 준 우리 부부의 결혼반지와 내가 시어머니께 받은 반지 생각을 하고 있었던 것. 아이가 태어난 이후 모든 액세서리를 빼고 살다가 어제 처음으로 결혼반지를 꺼내 소은이에게 보여 주고 남편과 나눠 끼었더니 소은이가 볼멘소리로 내게 말했다.

"엄마, 우린 가족이잖아. 가족은 좋은 거 나눠야 하는 거잖아. 그런데 나만 왜 반지가 없어? 나도 반지 줘야지."

"걱정하지 마. 소은이가 나중에 커서 결혼하면 엄마가

꼭 반지 줄게. 지금은 소은이에게 너무 커서 이 반지는 맞지 않아."

"할머니 것도?"

"응, 할머니 것도 소은이한테 물려줄게."

소은이는 나의 결혼반지를 자기 손가락에 껴보고 해맑게 웃었다. 장난감 반지가 수없이 많으면서도 엄마, 아빠처럼 진짜 반지가 갖고 싶은 아이. 나는 소은이와 대화를 나누며 딸아이의 말처럼 소은이가 빨리 결혼을 했으면 하는 마음이 들었다. 되도록 이른 나이에 행복한 가정을 꾸리면 왠지 내 마음이 더 편해질 것 같아서. 아픈 엄마의 걱정과 사심이 들어간 소망이랄까.

그런 일은 상상조차 하고 싶지 않지만 혹시라도 만에 하나 먼 훗날 내가 아이 곁을 떠나게 되어도 아이에게 의지할 수 있는 남편이 있다면 혼자인 것보다 훨씬 나을 테니까. 내가 세상에 없어져도 나보다 더 소은이를 사랑할 사람, 아빠처럼 좋은 남자가 딸아이 곁에 있다면 안심할 수 있을 것 같다.

아직 다섯 살밖에 안된 꼬맹이를 두고 신랑감을 생각하는 게 웃기기도 하지만 소은이는 벌써 결혼하고 싶은 사람이 생겼다. 바로 다섯 살부터 지금까지 같이 유치원을 다니고 있는 오빠. 언제부턴가 "나 지호 오빠랑 결혼할 거야."라고 수줍게 말하더니 어느 날은 유치원에서 오빠와 함께 있는 그림을 그려왔다. 하트 안에는 지호 오빠와 소은이가 있고, 종이에는 '권지호 오빠, 사랑해.'라고 적혀 있었다. 벌써 엄마, 아빠 말고도 사랑하는 사람이 생겼다니. 귀여운 꼬맹이의 로맨스가 언제까지 갈지 모르지만 나는 소은이의 사랑을 열심히 응원해 줘야겠다.

현실적으로 요즘 같은 시대에 스물다섯에 결혼하는 건 쉽지 않은 일이긴 하지만 소은이가 만일 사랑하는 남자를 데려 오고, 그 남자가 괜찮다면 딸아이가 이른 나이에 결혼하는 것도 반대하지 않으리. 그리고 소은이가 결혼을 한다고 하면 아이의 손가락에 내 반지를 꼭 끼워 줄 거다. 그때가 되면 아이는 그 약속을 기억하지 못할지 모르겠다. 하지만 나는 아이와 한 약속을 지키기 위해 최선을 다해 살아갈 것이다. 그것이 엄마를 셀 수 없이 많이, 아니 천백 개 사랑하는 아이에게 내가 줄 수 있는 최고의 사랑일 테니.

# 4

## 일상에서 깨달음을 주는 아이의 말

가족들이 모두 잠이 든 밤이면 핸드폰에 저장된 글쓰기 서랍을 꺼내 열어 본다. 그 서랍 속에는 아이의 말을 놓치고 싶지 않아 그때그때 기록해둔 짤막한 문장들이 담겨 있다. 대부분 급하게 메모장을 열어 문자 메시지로 남겨 두는데 대화가 길어지면 음성 메시지로 저장하기도 한다. 녹음된 음성을 다시 적거나. 메모장에 적힌 문장들을 바라보고 있으면 아이가 뱉은 말들이 춤을 추듯 다시 살아난다. 그럼 구슬을 꿰어 목걸이를 만들 듯, 아이의 말을 주섬주섬 엮어 글을 쓴다. 이 대화로 어떤 주제를 이야기할지 미리 구상한 적은 없다. 처음에 아이와 나눈 인상적인 대화를 적고, 거기에 대한 내 생각을 쓰다 보면, 생각하지도 못한 깨달음을 얻을 때가 있다. 아이의 말을 그냥 흘려버렸거나, 글로 남기지 않았다면 깨닫지 못하고 지나쳤을 일상의 많은 일들.

## 크리스마스의 산책

...... ...

"응, 그런데 이제 우린 헤어져야 해(슬픈 목소리로)."

...... ...

아이와 산책을 하면 집에 있을 때보다 더 반짝이는 대화를 나누게 된다. 이날은 마음과 사랑을 나누는 크리스마스. 남편이 만든 부침개를 들고 소은이와 단둘이 외갓집으로 배달을 나섰다. 영하 15도의 강추위라 해도 우릴 막을 순 없지. 머리부터 발끝까지 단단히 중무장을 하고 길을 떠난다. 길을 나서자마자 소은이가 재잘거린다.

"엄마랑 산책 나오니까 참 좋다."

"그래? 엄마도 소은이랑 산책 나오니까 참 좋다."

그때 크리스마스 전구 장식을 단 나무들이 눈에 보였다. 까만 밤을 반짝반짝 수놓은 별들처럼 빛났다. 소은이는 "아, 예쁘다!"를 연신 외치며 좋아했다.

"엄마. 겨울에는 나뭇잎이 다 떨어져서 나무 춥겠다."

"맞아, 그래서 나무가 춥지 말라고 저렇게 불을 켜 두는 건가 봐!"

사실 왜 겨울에만 나무에 전구 장식을 하는지 살면서 한 번도 생각해 본 적은 없다. 그런데 소은이와 대화를 나누다 보니 아파트 화단에 앙상한 겨울나무들이 눈에 들어왔다. 꽃이 예쁘게 피고 지는 봄, 푸른 잎이 울창한 여름, 단풍이 곱게 물드는 화려한 가을에는 굳이 인위적인 장식을 더할 이유가 없을 것이다. 겨울에만 트리 장식을 하는 이유는 정말 벌거벗은 나무들이 추워 보여서일지도 모른다. 형형색색 빛나는 전구들을 보며 나의 마음도 순간 따뜻해졌다.

"소은아, 오늘은 케이크를 사야 하니까 할머니 집에서 오래 있을 수 없어. 부침개만 전해 드리고 나올 거야."

"케이크? 오늘 우리 생일도 아닌데 케이크 사는 거야?"

"응, 오늘 예수님 생일이잖아. 크리스마스가 예수님이 태어나신 날이야. 그래서 사람들이 케이크를 먹으며 예수 님 생일을 축하하는 거야."

"우와, 신난다! 그럼 내가 먹고 싶은 걸로 골라도 돼?"

"물론이지. 소은이가 먹고 싶은 케이크로 사 줄게."

"만세!"

평소 케이크는 생일에만 먹는 거라고 알고 있는 소은이

는 예수님 덕분에 케이크를 얻어먹게 되어 진심으로 기뻐했다. 오늘이 아기 예수님의 탄생일이라는 사실을 나름 효과적으로 전달한 셈이다. 부모님께 부침개를 전달하고, 집에 오는 길에 케이크를 사고, 저녁에는 성당에 미사를 드리러 갈 계획이었다. 매서운 추위와 코로나로 온종일 집에서 뒹굴었지만 크리스마스에 미사를 빠질 수는 없는 노릇! 소은이가 아주 어렸을 때도 오늘만큼은 꼭 성당에 갔던 기억이 난다. 가톨릭 신자가 아닌 아빠와 형부도 함께. 문득 온 가족이 함께 했던 크리스마스가 그리워졌다.

마스크를 하고 있었지만 코 끝을 스치는 차가운 바람은 생각보다 매서웠다. 나는 발걸음을 서둘렀다. 천천히 걷는 소은이를 어떻게 하면 빨리 걷게 할 수 있을까? 그때 소은이가 쓴 토끼 모자가 눈에 들어왔다. 다시 아기 토끼로 변신할 시간! 나는 거북이가 되기로 했다.

"아기 토끼로 변해라, 얍!"

이렇게 먼저 소은이에게 주문을 건다. 우리의 역할극은 이렇게 주문을 외우는 것으로 시작한다.

"아기 토끼야! 우리 달리기 시합할까? 난 거북이야!"

"거북이? 좋아! 우리 빨리 가자!"

소은이는 역할극을 하면 눈빛이 달라진다. 평소 짜증을 내다가도 역할극에 돌입하면 연기를 하느라 본래의 감정을 잊을 정도니까. 터덜터덜 느리게 걷던 걸음이 바로 깡충깡충 토끼 걸음으로 바뀌었다. 소은이와 손을 맞잡고 빠르게 걷다 뛰었다를 반복했다. 숨이 턱까지 차오르면 우리 둘 다 마주 보고 웃었다. 달리고 나면 상쾌한 기분이 드는 건 왜일까? 쿵쾅쿵쾅 뛰는 심장 박동이 꼭 소은이와 내가 연결된 것만 같다. 아주 오래전 내 배 속에서 소은이가 탯줄로 연결되어 있었던 것처럼.

외갓집에 가는 길은 소은이가 아침마다 어린이집에 가는 길이다. 소은이는 매일 아침 같은 시간에 마트에서 배달을 하는 오토바이 아저씨와 인사를 나눈다. 오늘도 오토바이 아저씨와 마주친 소은이는 마치 오랜 친구를 만난 것처럼 아저씨와 명랑하게 인사를 나누었다.

"안녕하세요!"

그 소리가 얼마나 크고 우렁찬지, 아저씨도 금세 소은이를 알아보고 반갑게 손을 흔든다.

"거북아, 매일 어린이집 갈 때 나한테 인사해 주는 아저씨야."

소은이는 새삼스럽게 나에게 아저씨를 소개하며 뿌듯해했다. 삭막한 세상이지만 이렇게 아이에게 친구인 어른이 있다는 것이 감사했다. 아이의 인사에 미소로 답할 수 있는 이웃이 있다는 것이 얼마나 좋은 일인지.

드디어 할머니의 집이 보인다. 조금 더 옆에는 어린이집이 보인다. 횡단보도 앞에서 신호를 기다리며 소은이가 소리쳤다.

"거북아, 저기 우리 할머니 집이야! 저긴 우리 어린이집이고!"

"어, 정말이네. 저기 어린이집도 보이네."

"응, 그런데 이제 우린 헤어져야 해(슬픈 목소리로)."

"응? 그게 무슨 소리야? 왜 헤어져?"

"난 이제 유치원에 가야 하거든. 거북이 너는 어리니까 갈 수 없어. 그곳은 토끼들만 가는 토끼 유치원이야."

이럴 수가. 소은이는 벌써 어린이집을 졸업하고 유치원에 갈 마음의 준비가 다 된 것 같았다. 유치원에 가려면 아직 두 달이나 남았는데, 마음은 이미 유치원에 가 있는 듯. 나는 얼떨떨하여 대꾸도 하지 못했다. 다행히 그 순간 신호등이 바뀌어 후다닥 길을 건넜고, 이렇게 오늘의 역할극은 막을 내렸다.

　오늘처럼 아이의 친구가 되어 대화를 나누다 보면 엄마로서 아이와 대화할 때보다 더 진솔한 얘기를 하게 된다. 때론 아이의 속마음을 살짝 엿볼 수 있는 기회가 되기도 하고, 때론 내가 정말로 아이의 친구가 된 것처럼 느껴질 때도 있다. 그래서 나는 아이와 단둘이 산책하는 이 시간이 정말 좋다. 소은이가 나이를 먹어도, 지금처럼 이렇게 손을 잡고 산책을 하는 모녀가 되고 싶다. 소중한 순간들이 오래오래 계속되기를 기도한다.

## 겨울 나무가 입는 옷, 잠복소

…… ……

**"엄마, 아기 나무들은 왜 지푸라기를 해 놓은 거야?"**

…… ……


　겨울 내내 외출할 때마다 소은이는 나무를 보며 질문을 던졌다.

　"엄마, 아기 나무들은 왜 지푸라기를 해 놓은 거야?"

"엄마, 저 나무들은 왜 옷을 입고 있어요?"

그럴 때마다 나는 "나무들 춥지 말라고 경비 아저씨가 옷을 입혀 준 거야." 또는 "아기 나무들은 어른 나무보다 약해서 춥지 말라고 해 둔 거야." 같은 대답을 해주었다.

그런데도 아이는 답변이 성에 차지 않은 건지, 볼 때마다 궁금증이 새로이 생기는 건지 나무들을 볼 때마다 같은 질문을 했다.

"엄마, 저 나무들은 왜 옷을 안 입고 있어요? 춥겠다. 우리 동네 나무들은 경비아저씨가 다 옷 입혀 줬는데 그 나무들은 좋겠다."

"그러게, 저 나무들은 옷을 안 입고 있네. 아마도 어른 나무인가 봐."

"어른 나무들은 더 힘이 세고. 아기 나무들은 귀엽고, 토끼처럼 더 가볍고 추운 거야?"

"그렇지, 어른 나무들은 옷을 입혀 주지 않아도 견딜 수 있지만 아기 나무들은 옷을 안 입으면 추워서 안 돼."

"아기들처럼? 엄마도 내가 아기 때 이불로 감싸 줬지?"

"그럼, 엄마도 우리 소은이가 아기일 때는 추우니까 이불로 돌돌 싸매고 다녔지."

아이는 차를 타고, 창밖을 보며 나무가 보일 때마다 내게 물었다. 나무들이 옷을 입고 있는 것을 보면 왜 옷을 입고 있는지 궁금해했고, 나무들이 옷을 입고 있지 않으면 벌거 벗은 나무는 춥겠다며 안타까워했다. 아이의 순수하고 예쁜 마음이 고스란히 묻어나는 순간이었다.

그런데 한번은 차를 타고 지나가는데 마치 어른 나무처럼 보이는 키가 큰 나무들이 옷을 입고 있는 것이 보였다. 이전에 본 나무들이 지푸라기로 된 옷을 입은 것과 달리 이 나무들은 알록달록한 색깔의 실로 뜨개질한 니트 옷을 입고 있었다.

다행히 소은이는 어른 나무가 옷을 입고 있다는 것에 큰 의문점을 품지 않았지만 나는 그동안 소은이에게 해 준 나의 답변이 미흡했다는 생각이 들었다. 나무가 옷을 입고 있는 이유는 무엇일까? 정말 추워서일까? 아기 나무가 추위를 더 탄다는 나의 답변은 맞는 것일까? 어느새 나도 궁금증이 들어 집에 와서 인터넷을 찾아 보았다.

검색으로 아기 나무가 추위에 더 약한가에 대한 답은 정확히 얻지 못했지만 나무 종류에 따라 추위에 강한 나무가 있고, 약한 나무가 있다는 것을 알아냈다. 아, 드디어 의문이 풀리는 순간! 그럼 나무의 크기나 나이보다는 나무의 종류에 따라 추위에 약한 나무에게 옷을 입혀 준다는 설명이 더 맞겠구나. 한편 검색을 통해 나무가 옷을 입는 이유가 보온만을 위한 게 아니라는 새로운 사실도 알게 되었다. 길을 가다 보면 겨울철 나무 중간 부분에 짚으로 둘러놓은 것을 많이 볼 수 있는데 이를 '잠복소'라고 한다. 잠복소는 겨울 동안 나무에 있는 해충들이 지푸라기 속으로 들어와 추위를 피해 겨울을 나게 하는 역할을 한다. 그리고 봄철에 나무에 두른 짚들을 수거하여 태움으로써 해충을 없애는 효과를 지닌다고 한다.

잠복소. 처음 들어보는 단어였다. 실제로 잠복소가 효과가 있는가 하는 논란도 있었지만 그래도 대부분은 해충 예방과 보온 효과를 위해 설치하는 듯했다. 그리고 나무에 지푸라기 옷이 아닌 뜨개질 니트를 입히는 것을 '그래피티 니팅'이라고 하는데 우리가 본 예쁜 옷을 입은 나무들은 바로 그래피티 니팅을 입힌 나무였던 것. 이렇게 하면 병충해 예방과 보온 효과뿐 아니라 손뜨개가 가지고 있는 특유의 따뜻한 감성으로 차가운 도시 분위기를 따뜻하게 만들어 주는 효과까지 낼 수 있다고 한다.

그래피티 니팅은 대부분 재능기부와 자원봉사 형태로 뜨개질에 참여한다는 기사를 보며 누군지 모르지만 나무에 옷을 입혀주신 그분들께 감사한 마음이 들었다. 그리고 그 동안 누가 우리 동네의 나무를 이렇게 예쁘게 꾸며 주는지, 추위와 병충해로부터 보호하고 있는지 아무런 관심도, 호기심도 없던 내가 조금 부끄러워졌다. 겨울이 다 지나가도록 이런 사실을 몰랐다니 나는 참 무관심한 시민이구나 싶다가도 소은이 덕분에 이렇게 주변에 관심을 기울일 수 있어 그나마 다행이란 생각이 들었다.

며칠 뒤 나는 아이에게 다시 설명을 해주었다. 나무에 옷을 입혀 준 것은 따뜻한 마음씨를 갖고 봉사를 하는 분들이 직접 뜨개질 옷을 만들어 나무에게 입혀 준 거라고. 그분들의 따뜻한 마음과 정성이 아이에게도 전해져 소은이가 따뜻한 감성을 지닌 사람으로 자랄 수 있기를 바란다. 그리고 지금처럼 소은이가 자신을 둘러싼 주변 환경에 관심을 갖고, 자연과 이웃을 돌보고 사랑할 줄 아는 어른으로 컸으면 좋겠다.

## 바쁜 아침이어도 이름을 부르며 안녕?

... ...

"목련꽃아, 안녕!"

소은이는 목련을 올려다보며 손을 흔들었다.

... ...

나의 아침은 항상 분주하다. 유치원 버스를 놓치지 않기 위해 아이에게 허둥지둥 아침을 먹이고, 옷을 입히고, 머리를 빗기고 아이의 손을 잡고 달려 나간다. 엄마의 애타는 마음과 달리 소은이는 느긋하다. 천천히 밥을 먹고, 천천히 옷을 입고, 천천히 머리핀을 고른다. 그럴 때마다 나의 마음은 더 조급해지고 아이를 재촉하기에 여념이 없다. 아이 앞에서 '빨리'라는 말을 쓰고 싶지 않지만 어느새 빨리하라는 말이 연거푸 반복된다.

이날도 아이의 손을 꼭 붙잡고 종종걸음으로 버스 정류장으로 가고 있는데 갑자기 소은이가 걸음을 멈추며 묻는다.

"엄마, 저 꽃은 이름이 뭐야?"

"저거? 목련꽃이야. 목련이 피었네."

주차장에서 나오는 길 목련 나무에 어느새 목련 꽃봉오리가 고개를 내밀고 있었다. 나는 빨리 가야 하는데 딴청을 피는 아이가 조금 원망스럽게 느껴져 건성으로 대답했다.

"목련꽃아, 안녕!"

소은이는 목련을 올려다보며 손을 흔들었다. 소은이에게는 유치원 버스를 타는 것보다 목련과 인사를 나누는 일이 더 중요해 보였다. 나는 아이의 손을 잡아끌면서 발걸음을 옮겼다. 버스 정류장에 도착하고 나서야 늦지 않았다는 생각에 안심이 되었다. 소은이는 정류장 뒤에 핀 꽃나무를 바라보며 내게 또 물었다.

"엄마, 이 꽃은 이름이 뭐야?"

"글쎄, 이건 무슨 꽃일까? 엄마도 잘 모르겠어."

그러는 사이 어느새 유치원 버스가 도착하고, 나는 아이를 태워 보내고 꽃나무를 다시 한번 쳐다보았다. 생각보다 내가 아는 꽃 이름이 얼마 없다는 사실이 민망했다. 아이에게 식물의 이름을 알려줄 수 있는 엄마이면 좋을 텐데.

다음날도 전날처럼 아이의 손을 잡고 부랴부랴 유치원 버스 정류장을 향해 걷고 있는데 아이가 주차장 입구에서 손을 흔든다.

"목련꽃아, 안녕!"

딱 한 번 이름을 말해 주었을 뿐인데, 그걸 기억하고 있
다니. 나는 아이의 기억력에 새삼 놀랐다. 아이는 꽃의 이
름을 정확히 알고 있었다. 그리고 꽃에게 이름을 불러 주
고, 나를 보며 싱긋 웃었다. 아이의 미소를 보며 어제 아이
가 물어 본 꽃의 이름을 몰랐던 때보다 더 무안한 마음이 들
었다.

나는 살면서 꽃에게 이렇게 다정하게 인사해 본 적이 있
던가. 꽃에게 한 번이라도 다정하게 말을 걸어 본 적이 었
던가. 어쩌면 유치원 버스를 타는 것보다, 길가의 꽃과 나
무를 관찰하고 자연과 노니는 일이 아이에게는 더 의미 있
는 일일지도 모르는데. 중요한 것을 보지 못하고 서두르기
만 했던 나 자신이 부끄러웠다. 유치원 버스야 놓치면 내가
데려다주면 그만인 것을, 왜 그렇게 재촉하고 조급하게 굴
었을까.

아이를 유치원에 보내고, 날씨가 너무 좋아 동네를 한 바
퀴 돌았다. 어느새 꽃나무에 꽃이 많이 피어 있었다. 겨울
내내 어떤 나무인지 알 수 없던 나무들이 이제야 이름표를
찬 것처럼 눈에 들어왔다.

'너는 목련 나무였구나. 너는 벚꽃 나무였구나.'

다 똑같아 보이던 나무들이 꽃이 피어나자 모두 달라 보인다. 이렇게 다른 존재임을 모르고, 다 같은 나무라고 생각했다니. 겨우내 웅크리고 있던 녀석들이 봄이 온 것을 어떻게 이리 알고 앞다투어 피어날까. 나는 자연이 주는 신비로움에 감탄하며 걷고 또 걸었다. 모든 꽃이 어쩜 이렇게도 곱고 예쁠까. 어느 사이 이렇게 활짝 피어난 것일까. 꽃에 가까이 다가가 자세히 들여다보고, 사진도 찍어보았다. 소은이가 한 것처럼 꽃에게 다정하게 말도 걸고, 애정 어린 눈으로 꽃을 바라보았다. 아이가 아니었다면 이렇게 봄이 온 것도, 아름다운 꽃이 핀 것도 모르고 있었겠다는 생각이 들자 딸아이에게 고마운 마음이 들었다. 다섯 살 딸아이에게서 꽃과 인사하는 법을 배우고, 꽃을 보는 마음의 여유를 찾고 나니, 어느덧 살아 있다는 것이 기쁘게 여겨졌다. 그러고 보니, 암 환자가 되고 나서 처음 맞이하는 봄이었다.

'비록 유방암을 겪었지만, 이렇게 살아남아 봄이 온 걸 느낄 수 있다니!'

두 눈으로 아름다운 꽃을 구경하고, 두 귀로 새가 지저귀는 노래 소리를 듣고, 튼튼한 두 다리로 걸을 수 있으니 얼마나 감사한 일인지. 겨울이 지나면, 봄이 기어이 오는 것처럼 우리의 삶도 마찬가지 아닐까. 어느 날 갑자기 인생에 아프고 힘든 겨울이 찾아올지라도, 시간이 흐르면 자신도 모르는 사이에 봄이 성큼 다가와 있을지도 모른다. 오늘은 아이가 실컷 꽃을 볼 수 있게 꽃구경을 가야겠다. 이제 더는 서두르지 말고, 천천히, 여유로운 마음으로 아이와 꽃을 바라보고 싶다.

## 이렇게 좋은 밤이 어디서 올까

...  ...

아, 좋다!
이렇게 좋은 밤이 어디서 올까


하늘 봐
별들이 두 개밖에 없어


우리 그네가 움직여서 그렇게 보이는 건가
별이 움직이는 건가 헷갈려

지금 자는 밤인데

밤에 불이 엄청 많이 켜져 있네

전등 좀 봐

저 아파트 좀 봐


엄청 크고 그네는 엄청 높고

우리 집은 향긋하고

나무는 너무 귀엽고 바닥은 울퉁불퉁해


그리고 제일 좋은 건 할머니야

할머니 집에 계속 오고 싶어


옛날에 친구들과 놀던 거 진짜 재밌었어

미끄럼틀도 타고 숨바꼭질도 하고

재미난 게 진짜 많아


오늘은 구름이 있어서 별이 잘 안 보여

어, 저기 하나 보인다

하나밖에 없지만 그 별은 귀엽고 탐스러워

그리고 말이야

요즘에 날씨가 시원하고 좋더라

엄마가 그네 한 번만 더 밀어줘

한 번만

내일부터는 이렇게 안 할게

저기 나무들 유령 같기도 하고

어, 불이 꺼졌어

우리 친구들 벌써 자고 있나 보다

하나 둘 셋 넷 다섯 여섯

…… ……


소은이와 밤 산책을 했다. 할머니 댁에 들렀다가 집으로 걸어가는 길, 잠깐만 놀이터에서 놀자며 내 손을 잡아끄는 아이.

아이는 놀이터 그네에 누워 밤하늘을 바라보면서 마치 노래를 부르듯 보석 같은 말들을 쏟아냈다. 아이의 눈에 보이는 모든 것들이 1초 만에 언어가 되어 입에서 흘러나왔다. 쉴 틈도 주지 않고, 저렇게 많은 문장을 혼자 발화했다는 것도 놀라웠고, 다듬지 않고 내뱉은 말들이 마치 시처럼 운율

이 느껴지는 것도 신기했다. 별이 귀엽고 탐스럽다니. 아이는 어떻게 이런 표현들을 거침없이 내뱉을 수 있는 것일까.

집으로 돌아가는 길에 아이는 나무를 보며 나무가 마치 자기를 바라보는 것 같다고 했다. 그러면서 밤이 되면 나무들이 이야기를 할 거라고, 지금은 나무들이 말하고 싶은 걸 꾹 참고 있는 거라며 나무의 겨드랑이를 간지럽혀 보자고 했다. 나무에 겨드랑이가 있다고? 살면서 한 번도 그런 생각을 해 본 적이 없던 나는 아이의 기발한 발상에 감탄이 나왔다.

"소은아, 나무에 겨드랑이가 어디 있어?"

"여기 있잖아, 여기! 내가 간지럽혀 볼게. 간질간질!"

그러면서 소은이는 나무의 몸통에서 가지가 뻗어나가는 부분을 간지럼 태우며 키득키득 웃었다. 그리고 나는 그런 아이를 보며 웃었다. 정말 나무가 말을 한다면 그 세상은 어떤 세상일까? 소은이의 말처럼, 사실 나무가 간지럼을 참고 있는 거라면 어쩌지. 웃음이 터지는 걸 꾹 참고 있다가, 모두가 잠든 밤이 되면 '아! 소은이 때문에 아까 간지러워서 혼났네.'라며 친구 나무와 껄껄 웃는 건 아닐까.

아이들은 세상을 다른 눈으로 바라본다. 그런 아이 곁에 있으면 나도 세상을 다른 눈으로 보게 된다. 아이는 세상을 세심하게 관찰하고 기발한 상상력과 창의력으로 소소한 것에서 기쁨을 발견한다. 그래서 아이와 자연을 거닐며 대화를 하는 것 자체가 내게는 행복이고, 치유가 된다. 산책하던 밤, 아이가 즉흥적으로 흥얼거린 한 편의 시는 내게는 다른 어떤 시보다 위로와 감동을 주었다. 이렇게 좋은 밤이 어디에서 오냐던 꼬마 시인의 질문에 그때는 아무런 대답도 하지 않았지만, 이제 이렇게 말해 주고 싶다. 좋은 밤은 소은이의 마음에서 오는 거라고. 이 세상에 존재하는 것들을 사랑하고, 아름답게 볼 줄 아는 눈을 가진 소은이의 마음에서부터 좋은 밤이 오는 거라고.

## 그리운 강아지, 코코

… …

"집에 들어가면 코코가 우리를 못 보잖아."

… …

며칠 전, 소은이와 길을 걷고 있는데 반대편에서 주인과 산책하는 강아지를 만났다. 그걸 본 아이는 몇 해 전 하늘나라로 간 우리 집 강아지가 생각났나보다.

"엄마, 코코는 하늘나라에 갔지? 코코 보고 싶다."

"응. 코코는 하늘나라에 갔지. 하늘나라에서 소은이가 잘 지내는지 항상 보고 있어."

"정말? 그럼 우리……. 집에 들어가면 안 되겠다."

"왜?"

"집에 들어가면 코코가 우리를 못 보잖아."

아이의 마음은 어찌 이리도 순수할까. 집에 들어가면 하늘 아래 있는 게 아니니, 코코가 우리를 볼 수 없다고 생각했나 보다. 순간 나는 아이에게 어떻게 대답해야 할지 몰라 망설였다.

"아니야, 집에 들어가도 코코가 다 볼 수 있어."

"어떻게?"

"예수님도 우리가 어디에 있든 다 보실 수 있잖아."

"예수님은 집에도 계시잖아."

아이의 말이 바로 이해되지 않았다.

"예수님이 집에 계셔?"

"응. 우리 집에 들어가면 창문 앞에 계셔."

네 살인 소은이는 아직 하느님이 계시다는 걸 이해하지 못했다. 하느님은 눈에 보이지 않기 때문이다. 하지만 예수님은 다르다. 집안 곳곳에 있는 예수님상을 보며, 아이는 어렴풋이 예수님이 세상에 있다고 믿는 듯했다. 그림책에 나오는 예수님의 형상을 보고, 예수님과 닮은 사람을 무척 좋아하고, 성당에서 만난 신부님을 보고 예수님이라며 반가워한 적도 있었다. 왜 하느님께서 우리에게 예수님을 보내셨는지 알게 되는 대목이었다.

"그래, 예수님이 거기에 계시지. 근데 예수님은 거기에도 있고, 사실은 소은이 마음에도 있는 거야. 늘 소은이 옆에서 소은이를 지켜주고 계셔."

"정말?"

"그럼. 코코도 마찬가지야. 코코는 하늘나라에 갔지만 늘 소은이 옆에서 소은이를 지켜주고 있어."

"그럼 집에 가도 되겠다!"

아이는 그제야 빙그레 웃는다. 집에 가도 코코가 소은이를 볼 수 있다는 말에 안심이 되었나 보다. 코코가 하늘나라에 간 지 어느덧 1년 6개월이 지났건만 소은이는 아직도 코코를 생생하게 기억한다. 길을 가다 강아지를 만나면 늘 코코 이야기를 한다.

'엄마, 저 강아지 코코 닮았어.'

'엄마, 저기 코코 친구야.'

'엄마, 코코는 왜 하늘나라에 갔어?'

그럴 때마다 나는 코코가 나이가 아주 많이 들어서 하늘 나라에 갔고, 코코는 하늘나라에서 친구들과 함께 잘 놀고 있으며, 그곳에서 소은이를 지켜보고 있노라 대답하곤 했다. 사실 소은이가 코코와 함께 지낸 건 소은이가 태어난 후 2년 1개월 남짓. 아주 어린 아기였을 때를 제외하면 실제로 코코와 추억을 쌓은 것은 불과 1년도 안될지 모르겠다. 그럼에도 불구하고 아이에게 강아지와 교감한 기억은 짧지만 아주 강렬했던 것 같다.

짧다면 짧은 세월이지만 코코는 소은이가 태어나 만난 첫 강아지이자 친구였고, 코코의 죽음은 사랑하는 존재와의 첫 이별이었다. 코코가 하늘나라에 가기 전 아주 많이 아팠을 때, 소은이는 누워있는 코코를 청진기로 진찰하고, 장난감 약도 주고, 주사도 놔 주었다. 어린 마음에도 아픈 코코를 치료하고 싶은 마음이 드나 싶어 코끝이 찡했다. "코코야, 빨리 나아."라고 말하고 코코를 쓰다듬는 소은이를 보며 얼마나 많은 눈물을 삼켰던가.

코코가 하늘나라로 가던 날, 소은이도 아주 많이 울었다. 이제 막 두 돌이 지난 어린아이였지만 다시 만날 수 없다는 것이 어떤 걸 의미하는지 안다는 듯 서럽게 울었다. 지금도 그때 생각만 하면 눈시울이 붉어진다. 코코가 하늘나라에 가기 하루 전날 소은이와 함께 산책하던 그 순간은 영원히 잊지 못할 것이다.

어느 날 엄마는 코코와 닮은 인형을 구해와 코코가 생전에 머물던 자리에 두셨다. 가끔씩 코코가 앉아있는 것 같은 착각이 들 만큼 코코와 많이 닮은 인형이었다. 소은이는 외갓집에 갈 때마다 인형에게 밥도 주고, 이불도 덮어 주며 마치 코코인 것마냥 인형을 돌봐주었다. 하지만 그 인형이 코코가 아니라는 것을 정확히 알고 있다는 듯, 소은이는 살아있는 강아지만 보면 코코가 하늘나라에 갔음을 떠올리며 코코를 그리워했다.

비록 코코는 하늘나라로 갔지만 소은이는 여전히 할머니, 할아버지를 코코 할머니, 코코 할아버지라 부르고 외갓집을 코코집이라 칭한다. 이제 우리 곁에 코코의 실체는 없지만 우리 마음속엔 여전히 남아있다. 그리고 앞으로도 언제까지나 우리 마음속에 살아있을 것이다.

## 말실수로 깨달은 언어의 힘

… …

"엄마는 이때는 피부가 좋았는데 지금은 왜 그래?"

"너 때문에 그렇지!"

아뿔싸. 나도 모르게 진심이 툭 나와 버렸다.

순간 아이의 표정이 일그러지더니 이내 엉엉 울기 시작했다.

… …


어느 날 아이가 사진첩을 보며 내게 물었다.

"엄마. 여기 엄마 배 속에 소은이 있지?"

"그럼. 엄마 배 속에 소은이 있지. 엄마 배 속에 있을 때 어땠어?"

"나 기억나. 엄청 따뜻하고 좋았어."

아이가 보고 있던 건 내가 만삭 때 찍은 스튜디오 사진이었다. 아이가 네 살 정도 되어 말을 잘하게 되면 배 속에서의 기억을 얘기하곤 한다는 주변 엄마들의 이야기를 듣고 과연 그게 정말일까 몹시 궁금했었다. 나는 '이때다!' 싶어 아이와 대화를 이어나갔다.

"그래? 그럼 엄마, 아빠 목소리도 들렸어?"

"응, 들렸어."

"그럼 엄마, 아빠가 소은이 뭐라고 불렀는지도 기억나?"

"응, 기억나. 빼빼."

소은이의 태명이 빼빼였다면 정말 소름 돋았겠지만, 소은이의 태명은 빼빼가 아니라 은총이다. 요즘 소은이는 할 말이 떠오르지 않거나, 딴청을 부릴 때 '빼빼'라는 말을 쓰곤 한다.

"소은이 배 속에 있을 때 이름은 빼빼가 아니라 은총이었어."

"아니야. 빼빼야."

"그럼 엄마랑 아빠가 소은이한테 무슨 말했는지도 기억나?"

"소은이 예쁘대."

이건 틀린 말은 아니니 소은이가 정말 기억하고 말하는 건지, 그냥 말하는 건지는 확인할 길이 없다. 하지만 분명한 건 아이가 배 속에 있을 때의 느낌을 따뜻하게 기억하고 있다는 사실이었다. 그것만으로 충분했다.

그 후로도 소은이는 엄마의 젊은 시절 사진만 보면 "엄마 배 속에 소은이 있지?"라고 물으며 자신의 존재를 확인했다. 심지어 임신 전 사진을 볼 때도 말이다. 그럴 때마다 나는 "그럼, 엄마 배 속에 소은이 있지."라고 대답하며 아주 오래전 '난자'였을 시절의 아이를 생각하며 그렇게 답하였다.

어느 날 소은이가 다시 나의 만삭 사진을 보고 있었다.

"엄마, 이때는 정말 예쁘다. 공주님 같아."

"그래? 엄마 공주님 같아?"

내가 봐도 사진 속 나는 지금보다 예뻤다. 생기발랄한 표정, 찰랑거리는 긴 파마머리, 새하얀 드레스……. 소은이 눈에 공주님 같이 보일 만했다. 생각해 보면 그때는 참 행복했지 싶었다. 미래의 내게 어떤 일들이 펼쳐질지 모른 채 사진 속의 나는 그저 행복하게 웃고 있었다.

"응, 정말 예뻐. 근데 이때는 예뻤는데 지금은 왜 안 예뻐?"

"그래? 엄마 지금은 안 예뻐?"

"지금도 예쁘긴 한데 좀 덜 예뻐."

"아빠는 어때? 아빠는 똑같아?"

"응, 아빠는 똑같이 멋있어."

"근데 엄마는 이때는 피부가 좋았는데 지금은 왜 그래?"

"너 때문에 그렇지!"

아뿔싸. 나도 모르게 툭 나와버린 말이었다. 은연중에 소은이를 원망하는 마음이 잠재되어있던 걸까. 출산과 육아로 내 인생이 180도 바뀌어 버린 게 사진 속에 고스란히 담겨 있었기에 순간 심술이 났던 걸까. 비록 말투는 장난스러웠지만 아이는 말 속에 담긴 가시를 정확히 알아차린 것 같았다. 순간 아이의 표정이 일그러지더니 아이는 엉엉 소리 내어 울기 시작했다. 나는 엄청난 실수를 했음을 바로 알아챘다. 아이를 꼭 껴안고 바로 사과를 했지만 아이는 울음을 그칠 줄 몰랐다. 예뻤던 엄마가 자기 때문에 안 예뻐졌다는 말이 아이에게는 큰 상처가 됐던 것이다.

"아냐, 소은아. 엄마가 잘못 말한 거야. 엄마가 이때는 화장을 했고, 지금은 화장을 안 해서 그래. 엄마가 정말 미안해."

"엄마, 다시는 그런 말 하지 마. 엉엉엉."

나는 황급히 말을 둘러댔고, 아이는 다시는 그런 말 하지 말라고 말하며 흐느껴 울었다. 아프고 나서 아이에게 절대로 해서는 안 되는 말이 '너 때문에 엄마가 아프다.'라는 말이었기에 나는 그런 말을 하지 않으려고 무던히도 애썼다. 자칫 잘못하면 아이에게 죄책감을 불러일으킬 수 있기 때문이다. 그런데 엉뚱하게도 아이에게 얼떨결에 '너 때문에 엄마가 안 예뻐졌다.'라는 말을 해 버렸으니……. 닭똥 같은 눈물을 뚝뚝 흘리는 아이를 보며 내 마음도 얼마나 아프던지. 나는 아이에게 미안한 마음이 들어 몇 번이나 아이를 꼭 끌어안으며 사과했다. 그리고 이렇게 말해 주었다.

"엄마는 소은이를 정말 사랑해. 엄마는 소은이가 엄마, 아빠 딸로 와줘서 정말 고맙고 행복해. 소은이는 너무너무 소중해. 엄마, 아빠의 가장 소중한 보물이야."

그제야 아이는 안심이 된다는 듯 웃었다. 이 보물 메시지는 아이가 아침에 잠에서 깨어날 때마다 내가 아이에게 들려주는 메시지이다. 아이 얼굴을 내 무릎 위에 올려 두고 얼굴을 쓰다듬으며 이렇게 속삭인다. 그러면 아이는 잠결에도 행복한 미소를 지어 보였다. 엄마도, 아이도 기분 좋게 아침을 맞이하는 비결이기도 했다.

나는 언어에 담긴 힘을 믿는다. 반복해서 전달된 메시지는 아이에게 자신이 사랑받는 존재임을 각인시켰을 것이다. 그리고 그 각인은 지금처럼 예기치 못한 상처를 받게 되었을 때 놀라운 힘을 발휘한다. 아이가 부모에게 사랑받고 있다는 믿음은 방어막이 되어 위험한 상황에서 아이를 보호한다. 그뿐 아니라 자신을 둘러싼 것들을 소중하게 인식하는 계기가 된다.

요즘 아이는 '내 소중한 OO'이라는 자작곡을 지어 흥얼거리곤 한다. '내 소중한 엄마, 아빠'로 시작하여 내 소중한 토끼, 내 소중한 강아지, 내 소중한 곰돌이, 내 소중한 공룡 등등. 끝도 없이 소중한 것들과 그에 대한 설명들이 펼쳐진다. 한번은 10분도 넘게 소중한 것에 대한 노래를 부른 적이 있었다. 끝날 듯, 끝나지 않고 소중한 것들이 화수분처럼 계속 쏟아져 나왔다.

소은이의 노래를 들으며 나는 여러 생각이 들었다. 처음에는 네 살 아이가 자기가 만들어 낸 멜로디에 노랫말을 붙여 노래를 부르는 사실에 감탄했다. 두 번째는 일상 속에서 소중한 것을 인식하고, 그에 대해 자신만의 방식으로 정의 내리는 게 놀라웠다. 세 번째는 아이에게 소중한 것들이 이렇게도 많다는 사실에 반가웠다. 그리고 아이의 노래를 들으며 이 노래가 끝나지 않고 영원히 계속되길 소망했다. 이 세상을 살면서 아이에게 소중한 것들이 더 많아졌으면 하는 마음이 들었기 때문이다. 그리고 사소한 것조차 소중하게 여길 줄 아는 아이의 마음이 사랑스러웠다. 바람에 흩날리는 꽃잎도 소중히 여기는 마음, 들판에 피어있는 민들레 홀씨도 소중하게 여기는 아이의 마음은 쉽지 않은 세상을 살아가는 데 어떤 보석보다도 값진 역할을 할 테니까.

이제는 엄마의 말실수도 감싸 안는 아이를 보며, 어느덧 아이가 많이 크고 단단해졌음을 느낀다. 다시는 아이에게 상처 주지 말자고 다짐해 보지만 마음처럼 쉽지는 않을 것이다. 그리고 설령 그런 순간이 다시 오더라도 아이가 지금과 같은 모습으로 이겨낼 수 있으면 좋겠다. 부모의 '사랑한다'는 말은 주술이 되어 아이를 지키는 강력한 힘이 될 것이고, 부모의 행동은 아이로 하여금 부모의 말을 믿게 하는 신뢰의 자양분이 될 것이다. 내일 아침, 오늘보다 더 사랑스러운 말투로 아이에게 사랑을 고백해야겠다. 그리고 아이의 바람대로, 다시는 그런 말은 하지 않기로 다시 한번 마음에 되새긴다.

# 화내는 부모를 보며 아이는 무슨 생각을 할까

··· ···

"내가 조금 화내도 엄마는 꾹 참고 좋게 말했으면 좋겠어."

··· ···

하루 중 아이의 속마음을 가장 잘 들여다볼 수 있는 시간이 언제일까? 아이와 가장 친밀한 교감이 이루어질 수 있는 시간은 아이가 잠에서 깨어나는 아침 시간과 잠들기 직전의 밤 시간이라고 한다. 수면 시간 전후가 잠재의식과 가장 가까운 무렵이기 때문이다. 그래서 나는 이때 아이와 진솔한 대화를 나누려고 특히 노력한다. 사랑한다는 표현도 이 시간에 아낌없이 쏟아붓는다.

오늘도 아이가 눈을 뜨자마자 나는 기다렸다는 듯이 사랑의 언어를 마구 마구 쏟아냈다. 자고 있다가도 아이가 일어나면 반사적으로 화들짝 깬다. 그리고 마치 안 자고 있었던 사람마냥 소란스럽게 아이를 반긴다.

"우리 예쁜 소은이 굿모닝. 소은이 잘 잤어?"

"굿모닝, 엄마!"

"엄마, 아빠는 소은이를 정말 정말 사랑해. 우리 소은이는 어쩜 이렇게 예쁠까? 너무너무 사랑스러워."

"그렇지? 난 피부도 보드랍고, 점도 없어."

내 칭찬에 아이는 으쓱으쓱하며 아직 눈도 뜨지 못한 채로 자신의 볼을 쓰다듬는다. 얼굴에는 만족스러운 표정이 만연하다. 나는 그 모습이 너무 귀여워서 킥킥 새어 나오는 웃음을 참으며 칭찬을 계속 이어나간다.

"우리 소은이는 귀엽고 예쁘고 착해. 정말 소중한 사람이야. 엄마, 아빠의 보물이야."

"그런데 엄마, 아빠는 왜 맨날 맨날 나한테 화내?"

나는 아이의 말에 잠시 멈칫했지만 아무렇지 않은 듯 다시 물었다.

"엄마, 아빠가 소은이한테 맨날 화내?"

"응, 맨날 화내잖아."

"그랬어? 하지만 엄마, 아빠가 화를 낼 때도 소은이를 사랑하는 마음은 변하지 않아."

"그래도 안 화냈으면 좋겠어."

"그렇구나. 알겠어. 엄마도 화내지 않으려고 노력할게. 근데 소은이도 엄마, 아빠한테 맨날 화내잖아. 안 그랬으면 좋겠어."

"응, 내가 조금 화내도 엄마는 꾹 참고 좋게 말했으면 좋겠어."

결국 자기는 화를 내도 엄마는 참고 좋게 말하라는 것인가. 나는 은근슬쩍 아이가 얄미웠지만 차근차근 자신의 생각을 조리 있게 말하는 모습이 한편으론 기특해서 계속 대화를 이어나갔다.

"그런데 엄마가 화내면 소은이 기분이 어때?"

"엄마가 화내면 무서워."

"정말? 그렇구나. 그럼 아빠가 화내면?"

"아빠는 화내도 안 무서워."

아이는 마지막 말을 하며 배시시 웃었다. 아이의 이런 속마음은 처음 알았다. 어릴 때는 우리가 화를 내든 말든 아랑곳도 하지 않아서 그 모습에 더 화가 난 적이 많았다. 그런데 어느새 내가 화내는 게 아이에게 무섭게 느껴지긴 하는구나 싶었다. 아빠가 화내는 건 안 무섭다고 하는 걸 보니, 내가 더 아이에게 화를 크게 내나 보다.

부모가 아이에게 화를 내지 않고 살 수는 없다. 오은영 박사님은 아이를 훈육할 때도 화를 내지 않되 단호하게 훈

육하라고 하셨지만 현실은 어디 그게 쉽나. 결국 화가 난 목소리로 언성을 높이게 된다. 나도 모르게 아이에게 험상궃은 표정을 하고, 차가운 말투를 하지는 않았는지 돌아보게 된다. 예전에는 내가 화를 내면 소은이는 더 크게 화를 냈다. 내가 참다못해 소리를 지르는 날엔 소은이도 같이 소리를 질렀다. 한참 훈육이 힘든 시절이었다. 암 진단을 받을 때가 줄곧 그런 시기였던 것 같다. 그런데 요즘은 소은이가 더 커서 그런 건지, 아니면 내가 아픈 뒤로 변화가 생긴 것인지, 내가 화를 내면 자기가 바로 잘못했다고 말하고 내 눈치를 살핀다. 은연중에 엄마가 스트레스를 받으면 안 된다는 것을 알고 나를 배려하는 것 같기도 하다. 이런 이유라면 마음이 좀 애틋하지만 무엇이 소은이를 변하게 한 것인지 정확히 알 수는 없다. 어쩌면 그 모든 상황이 종합적으로 작용한 것이겠지. 이유가 어쨌든 이제 타협이 되고, 엄마를 무서워한다는 게 의미 있는 변화로 느껴진다. 물론 엄마가 맨날 맨날 화낸다는 아이의 말에 미안한 마음이 들기도 하지만. 정말 내가 매일 아이에게 화를 냈다면 그것 또한 반성할 일이고, 그런 게 아닌데도 아이가 그렇게 여긴다면 그것 또한 나의 불찰이다.

입으로만 아이를 사랑한다고 말하기 전에, 아이에게 화를 내지 않는 엄마가 되어야겠다는 생각이 들었다. 오늘도 아이와의 대화를 통해 이렇게 또 한 걸음 나아간다. 앞으로 소은이가 조금 화를 내도, 엄마인 나는 꾹 참고 좋게 말해야겠다.

## 정 많고 따뜻한 아이

… …

"나 할아버지 손잡고 갈 거야. 엄마는 아빠랑 손잡아."

… …

아이는 미술학원에서 나와 친할아버지를 보자마자 달려가 안겼다.

"할아버지!"

2019년 1월, 설날이 마지막 만남이었으니 2년 2개월 만에 상봉이었다. 그때 소은이의 나이는 불과 세 살. 그 후 코로나가 터지면서 2년 넘게 친조부모님과 왕래를 하지 못했다. 그동안 훌쩍 커서 다섯 살이 된 소은이는 과연 친할아버지를 어떻게 기억할까. 떨어져 있는 동안 영상 통화도 하고, 사진도 보면서 조부모님의 존재를 알고는 있었지만 직접 뵙는 것은 오랜만이다 보니 소은이의 반응이 궁금했다. 처음엔 당연히 부끄러워하지 않을까, 조금은 낯설어하지 않을까? 그러나 소은이의 반응은 우리의 예상을 뛰어넘었다. 마치 어제 만난 사이처럼 달려가 친할아버지의 품에 안기는 소은이를 보고 놀라지 않을 수 없었다. 그리고 너무나 자연스럽게 방금 만든 미술 작품을 할아버지에게 자랑했다.

"할아버지, 나 좀 봐요. 이건 잠자리예요."

"할아버지, 우리 집에 가는 거에요? 야호! 신난다!"

"나 할아버지 손잡고 갈 거야. 엄마는 아빠랑 손잡아."

그러고는 다정하게 할아버지의 손을 잡고 집을 향해 걸어가는 게 아닌가. 그렇게 집으로 돌아오는 길에 소은이는 친할아버지와 길가에 심어진 꽃도 보고, 나무에서 지저귀는 새도 만나고, 예쁜 하늘도 올려다보았다. 아버님은 이렇게 아이의 손을 잡고 걷는 것이 꿈만 같다며 좋아하셨다. "아이고, 예쁜 것." 하고 고사리 같은 손을 연신 쓰다듬으며 기뻐하시는 모습을 보니 마음이 찡했다. 저리 예뻐하시는데 그간 코로나로 인해 만나지 못하고 산 세월이 야속했다.

집으로 돌아온 소은이는 할아버지 곁에 딱 달라붙어 떨어질 줄 몰랐다.

"할아버지, 내가 소은이 방 구경시켜 줄게. 이리 와 보세요. 할아버지, 이거 봐봐요."

소은이는 종달새처럼 재잘거리며 할아버지 손을 붙들고 이 방 저 방을 다녔다. 그리고선 자기 방에 가서 아끼는 장난감을 보여드리고, 그림책을 읽어 달라 조르기도 했다. 나는 소은이를 보며 감탄했다. 어쩜 저렇게 친화력이 좋단 말인가. 오랫동안 못 뵈었기 때문에 처음에는 데면데면하지 않을까 짐작했던 것과 달리 아이는 스스럼이 없었다. 더할 나위 없이 상냥하고 다정했다.

"나, 할아버지랑 잘 거야. 나 오늘은 자기 전에 엄마랑 책 안 읽고, 할아버지랑 읽을 거야."

밤이 되자 소은이는 급기야 할아버지와 자겠다고 조르기 시작했다. 엄마가 있어야지만 잠을 자던 아이였기에 이건 정말 예상치도 못한 반응이었다. 할아버지는 내일도 모레도 우리 집에서 주무실 거니 오늘은 엄마랑 자고 내일 할아버지랑 책을 읽자고 겨우 아이를 설득했다. 다음 날 소은이는 눈을 뜨자마자 "할아버지, 안 간 거 맞지? 우리 집에 있지?"라며 할아버지를 찾았다. 생각해 보니 우리 집에 자고 가는 손님이 온 것은 처음이었다. '그동안 소은이가 사람이 참 그리웠구나, 사람을 참 좋아하는 아이였구나.' 싶어 마음이 찡했다.

정 많고 따뜻한 아이. 나는 문득 지금 소은이의 모습이 내가 꿈꾸던 아이였음을 깨달았다. 아이를 낳기 전, 나는 내 아이가 오랜만에 만나는 할머니, 할아버지께 달려가 안길 수 있는, 그런 사랑스러운 아이로 자라길 바랐다. 외할머니, 외할아버지야 워낙 어릴 때부터 자주 봐왔고 가깝게 지냈기에 소은이가 따르고 좋아하는 것을 당연하게 생각했지만 2년 만에 만난 친할아버지를 살갑게 대하는 모습은 볼수록 신기하고 대견하게 느껴졌다.

정답게 식탁에 둘러앉아 아침을 먹으며, 이 풍경을 오래오래 마음속에 담아두고 싶었다. 비록 아침을 먹고 아버님을 모시고 병원에 가야 하는 상황이었지만 그 순간만큼은 모두가 평온하고 행복했다. 아버님은 소은이에게 손수 밥을 떠먹여 주시고, 이제 소원을 풀었다며 좋아하셨다. 그리고 소은이는 제비 새끼처럼 할아버지께 밥을 받아먹으며 함박웃음을 지었다. 나는 아버님이 오래도록 건강하셔서

서 이렇게 함께 밥을 먹는 소소한 행복이 오래오래 영원하기를 마음속으로 빌었다. 그리고 다시 한번 우리의 삶에 가장 중요한 것이 무엇인지 느꼈다. 행복이란 다른 게 아니구나. 내가 사랑하는 가족의 건강과 평범한 일상. 함께 밥을 먹고, 차를 마시고, 마주 보고 웃을 수 있는 시간들. 이런 것이 바로 행복임을 느꼈다.

모두가 잠든 이 시간, 나는 가족들을 위해 기도한다. 앞으로도 나는 소은이가 어른들로부터 받은 사랑을 기억하고, 또 그 사랑을 되돌려줄 줄 아는 아이가 되었으면 좋겠다. 할아버지와 함께 보낸 시간은 짧았지만 그 추억을 오랫동안 소중하게 간직하고, 먼 훗날 다시 만날 때도 오늘처럼 바로 뛰어가 안길 수 있는, 그런 사랑스러운 아이로 자라기를.

## 강아지 코코를 추억하는 법

··· ···

"엄마, 사과는 동그라니까 코코라고 하자.

나 코코가 너무 보고 싶어서 그래."

··· ···

얼마 전 아이와 코코와 마지막으로 함께 산책했던 길에
다녀왔다. 도로에 차를 대고, 코코를 떠올리며 비탈길을 올
랐다. 날은 추웠지만 그럭저럭 걸을 만했다. 그런데 몇 걸
음 걷지 않아 산길의 풍경이 예전 같지 않음을 발견했다.
공사장 표지판이 군데군데 놓여 있고, 언덕에 있던 나무를
다 깎아서 산은 민둥머리를 하고 있었다. 안내판을 보니 산
을 깎아 길을 낸다는 설명이 적혀 있었다. 코코랑 추억이
깃든 곳이 없어진다는 사실에 마음이 아쉬웠다. 그곳은 친
정에서 키우던 강아지 코코가 하늘나라로 가기 전날, 온 가
족이 함께 코코를 데리고 산책을 했던 곳으로 우리에게는
아주 의미 있는 장소였다. 아쉬워하는 나를 보며 소은이가
황급히 물었다.

"엄마, 여기 이제 차도로 한대? 이제 사람 길 아니래?"

"응, 그런가 봐."

"힝, 아쉽다. 나 아끼고 싶은데! 공사하면 안 되는데."

"그러게, 아쉽네."

"응, 나 여기 오니까 코코가 더 보고 싶다."

아이는 울먹이며 말했다. 코코가 우리 곁을 떠난 지 2년이 되었는데 정확하게 코코를 기억하고 있다니. 당시 나이 세 살에 불과했던 아이가, 어떻게 그걸 기억하고 있을까 싶을 정도로 아이는 기억력이 좋았다. 그리고 아이가 특정 장소를 특별한 공간으로 인식하고 있다는 것도 기특했다. 소은이는 우리의 추억이 깃든 공간이 공사로 인해 사라짐을 같이 아쉬워해 주었다.

"엄마, 코코는 어떻게 하늘나라에 갔어?"

"하느님이 데려가셨어."

"왜 데려가셨어? 지금도 코코랑 같이 살면 좋겠다."

"코코는 나이가 아주 많은 할머니였거든. 그래서 여기서 너무 오래 살아서 하느님이 코코가 보고 싶어서 데려가신 거야."

나는 코코 생각에 다시금 눈시울이 붉어졌다. 조금 더 우리 곁에 있다 갔으면 좋았을 텐데. 코코가 떠난 지 2년이 되었지만 아직도 코코와 함께 걸었던 그때가 생생하게 떠올랐다. 그런데 이제 이 길이 없어지다니. 정말 추억 속으로 코코가 사라지는 것 같아 슬펐다. 이럴 줄 알았으면 코코를 그 먼 곳에 뿌리는 게 아니었는데. 당시에는 코코가 너무 가까이 있으면, 계속 코코 생각이 나서 슬플 것 같았다. 그래서 일부러 집에서 멀리 떨어진 곳에 코코를 뿌렸는데 돌이켜보니 오늘 같은 날, 가까운 곳에 코코가 있었다면 그 아쉬움이 좀 덜하지 않았을까. 더 자주, 코코를 추억하고 떠올릴 수 있지 않았을까. 이제 이 길마저 없어지면 코코를 어디에서 추억해야 할까. 이런 생각에 집으로 돌아오는 길, 나는 조금 서글펐다. 그러나 이런 어른의 생각과 달리 소은이는 일상 모든 곳에서 코코를 떠올렸다.

"엄마, 사과는 동그라니까 코코라고 하자. 나 코코가 너무 보고 싶어서 그래."

"그래, 코코라고 불러주면 코코도 좋아할 거야."

"코코한테 내가 얘기하는 거 다 들려? 말은 못 해도?"

"그럼, 코코가 다 듣고 있지. 하늘에서 보고 있지."

"코코야 내 말 들려? 잘 놀고 있어?"

아이는 하늘을 향해 손나팔을 불며 큰 소리로 외쳤다. 이렇게 코코는 소은이로 인해 불쑥불쑥 우리의 삶에 등장했다. 소은이는 사과 씨를 봐도, 하늘을 봐도, 길 가는 강아지를 봐도 코코를 떠올렸다. 살아있는 것에 대한 애정. 사라진 것에 대한 그리움. 코코가 소은이에게 남긴 것들.

그리고 나는 소은이를 통해 코코를 추억하는 법을 배웠다. 코코와 마지막으로 함께 걸었던 길이 없어져도, 코코와의 추억이 사라지는 것은 아니다. 코코를 뿌린 곳이 멀다 하더라도, 코코가 멀리 있는 것은 아니다. 2년 전 우리의 마음에 코코 나무를 심은 것처럼 코코는 영원히 우리 마음속에 살아있었다.

2022년 4월 5일 식목일. 이날은 코코가 무지개 다리를 건넌 지 2주년 되는 날이었다. 소은이를 유치원에 보내고 코코가 좀 더 오래 나를 볼 수 있게 바깥을 걸었다. 햇볕이 따뜻했고, 하늘은 맑았다. 코코가 오늘도 하늘에서 우리를 지켜보고 있었다. 코코야, 사랑해. 하늘나라에서 행복하게 지내렴.

# 나쁜 기분도 살살 녹이는 아이의 노래

… …

"엄마, 아빠! 집토끼처럼 귀를 쫑긋하고 내 노래 들어 보세요."

… …


어느 날 갑자기 소은이가 노래를 부르기 시작했다. 유치원에서 배운 모양이다. 이 노래는 소은이를 임신했을 때 임산부 합창단에서 불렀던 〈다섯 글자 예쁜 말〉이라는 동요였다.

"엄마, 아빠! 집토끼처럼 귀를 쫑긋하고 내 노래 들어 보세요."


한 손만으로도 세어 볼 수 있는 아름다운 말 정겨운 말

한 손만으로도 세어 볼 수 있는 다섯 글자 예쁜 말

사랑합니다.

고맙습니다.

감사합니다.

안녕하세요.

아름다워요.

노력할게요.

마음의 약속 꼭 지켜볼래요.

한 손만으로도 세어 볼 수 있는 다섯 글자 예쁜 말

내가 불렀던 노래를 아이의 입으로 다시 들으니 감회가 새로웠다. 아이는 손가락 하나하나를 접어가며 노래를 또박또박 불렀다. 아이의 노래가 끝나고, 나는 저절로 기분이 좋아져 이렇게 말했다.

"우와, 소은이 노래 정말 잘한다! 소은이가 노래 불러 주면 엄마는 기분이 좋아."

"나쁜 기분이 살살 녹아?"

"응, 맞아! 소은이 노래 들으면 나쁜 기분이 살살 녹아서 다 없어져."

노래를 들으면 나쁜 기분이 아이스크림처럼 녹는다는 생각. 소은이는 이런 표현들을 대체 어디서 배웠을까? 노래가 가진 힘은 때론 놀랍도록 크다. 하물며 사랑하는 아이가 엄마에게 불러주는 노래이니 오죽하랴. 감정을 정화시키고, 마음을 따뜻하게 해 주는 노래다.

노래가 가지는 힘은 이뿐만이 아니다. 아이는 노래를 통해 배우고 성장한다. 얼마 전에는 태어나 처음 듣는 노랫말이 아이 입에서 흘러나왔다.

신체발부는 수지부모니
몸과 머리카락, 피부는 부모님께 받았으니
훼손하지 않는 것이 효도의 시작이니라.
효! 경!

효경이라니. 처음 들었을 때 나는 내 귀를 의심했다. 어버이날을 맞아 유치원에서 가르친 것일까. 효경의 구절을 리듬에 맞추어 부르는 아이를 보며 신기하면서도 마음이 뭉클했다. 효경(孝經)이란 효의 원칙과 규범을 수록한 유교 경전 중 하나. 아이는 노랫말의 뜻을 아는지 모르는지 최소 하루에 한 번씩 저 노래를 흥얼거리곤 했다. 비록 아이가 그 뜻을 다 이해하지 못하더라도 이런 노래를 흥얼거리고, 접한다는 것이 반가웠다. 어릴 때부터 부모를 공경하도록 배우고 그 마음 그대로 어른으로 성장한다면 얼마나 좋을까.

요즘 소은이가 즐겨 부르는 노래는 귀여운 율동까지 곁들여져 웃음을 더한다.

병아리가 인사해 개구리가 인사해. 개굴개굴개굴.

강아지 멍멍멍. 고양이 야옹~

친구들이 인사해. 안녕하세요.

선생님이 인사해. 안녕하세요.

'고양이가 야옹'을 할 때는 손가락 세 개를 얼굴에 갖다 대고 고양이의 수염을 흉내 낸다. 노래를 부를 때마다 매번 그렇게 앙증맞은 동작을 반복한다. 인사하는 대목에서는 손을 가지런히 배꼽에 놓고 얼마나 예의 바르게 인사를 하는지. 의성어가 반복되며 리듬감을 익히고, 인사하는 예절도 배우고, 이 짧은 노래로 아이들이 배우는 게 얼마나 많은지 놀랍다. 유치원에 간 후로 부쩍 새로운 노래들을 많이 배워 오는데 때론 그게 너무 좋아서 유치원에 보내기 잘했다는 생각이 들 정도였다.

사실 소은이의 유치원을 고를 때 나의 선택 기준 중 하나는 '교실마다 피아노가 있는가'였다. 지금 소은이의 유치원은 비록 건물은 좀 낡았지만 교실마다 피아노가 있었다. 선생님은 피아노를 치고, 아이들은 함께 노래하는 내가 꿈꾸는 유치원의 모습이었다. 영어를 배우고, 과학 실험을 하고, 그림을 그리는 것도 중요하지만 그보다 중요한 것은 아이들이 노래하는 삶을 사는 것이었다.

지금 아이는 다섯 살이지만 유치원에서도, 가정에서도 아직 한글 교육을 하지 않는다. 대신 지금처럼 노래와 율동을 가르친다. 아이가 유치원에서 배워 온 노래를 들려 주면 우리 집은 행복의 기운으로 가득 찬다. 특히 외갓집에 가면 할머니, 할아버지까지 모두 불러 모아 놓고 자신의 노래를 들으라고 야단이다. 이때 가족 중 누구도 말을 하거나 딴짓을 하면 안 된다. 잠시라도 한눈을 파는 사람이 있으면 처음부터 다시 노래를 시작한다. 누군가 노래를 따라 불러도 "내가 할 거야!" 하고 외치며 처음으로 돌아간다. 그래서 우리 가족들은 소은이에게 집중하라고 서로 눈짓을 주고받거나, 웃음을 참으며 어린 가수의 공연을 진지하게 감상한다. 열창이 끝나고 터지는 박수와 함성, 아이가 주는 시끌벅적함과 행복이다.

사람은 노래를 부르고, 들을 때 가지는 감정의 주머니가 따로 있는 것 같다. 슬플 때 슬픈 노래를 들으면 그 감정이 증폭되고, 행복할 때는 행복한 노래가 그 감정을 배로 만들어준다.

소은이가 노래하는 모습을 볼 때면 문득 엄마가 들려 주시던 내 어린 시절이 떠오른다. 나도 어릴 때 노래 부르는 것을 좋아했는데 누가 옆에서 노래를 따라 부르려 하면 "따라 하지 마!"라며 혼자서만 노래를 부르려 했단다. 그랬던 꼬마가 이제 마흔을 앞두고 있다니, 세월이 정말 쏜살같다. 돌이켜 보면 나의 어린 시절은 참 행복했고, 부족함이 없었다. 부모님께 참 감사한 일이다. 소은이의 노래는 나를 어린 시절로 데려가게 하고, 감사한 마음을 갖게 하고, 행복한 마음이 되게 한다. 나는 오늘도 소은이가 낭랑한 목소리로 노래를 불러 주길 기다린다. 그럼 때론 힘들고 지치고 울고 싶은 날에도 소은이의 말처럼 나쁜 기분이 녹아서 다 없어질 테니까.

# 부모는 아이가 세상을 바라보는 렌즈

... ...

**"저기다가 차 세우면 안 되는데!"**

... ...

"저기다가 차 세우면 안 되는데!"

"담배 피우면 안 되는데!"

"마스크 안 쓰면 안 되는데!"

"저 아저씨 담배 피워!"

"저 아줌마 마스크 안 썼어!"

"누가 여기다 차를 세웠어!"

길을 나서면 소은이의 잔소리 아닌 잔소리가 이어진다. 지금은 좀 덜하지만 한참 규칙과 규범에 대해 인식하고, 타인의 행동을 평가하는 시기가 있었다. 다섯 살의 소은이는 한창 그런 모습을 보였다. 만 4세. 타인을 인식해 가는 시기. 아직 자기중심적 성향이 강할 때이지만 타인을 인식해 가면서 사회적 기술을 배우고, 규칙과 규범에 대해서도 인식하고 지키려는 모습이 종종 나타났다.

그래서일까, 길을 가다가 담배를 피우는 아저씨를 보면 아주 큰 목소리로 "엄마, 저 아저씨 담배 피워!"라고 외쳐 나를 당황하게 하곤 했다. 또 길을 가다 누가 마스크를 안 쓰고 지나가면 그 사람에게 다 들릴 정도로 크게 "엄마, 저 아줌마 마스크 안 썼어!"라고 일러주기 일쑤. 지금은 실외 마스크 착용이 필수는 아니지만, 그때는 실외에서도 반드시 마스크를 써야 했기에 소은이의 말을 듣고, 멋쩍게 마스크를 고쳐 쓰는 어른들도 있었다.

한번은 소은이와 함께 차를 타고 나가는 데 길에 정차된 차 때문에 빠져나가기 힘든 적이 있었다. 운전을 하고 있던 내가 이런 곳에 차를 세우면 안 된다고 혼잣말로 투덜대는 걸 듣더니, 그 후로 소은이는 길에 불법 주차된 차만 보면 누가 여기다 차를 세웠냐며 저기다가 차를 세우면 안 된다고 참견을 하였다. 나는 그런 소은이가 귀엽기도 하고, 한편으로 소은이 앞에서는 말을 정말 조심해야겠다는 생각도 했다. 소은이는 엄마인 내가 바라보는 색깔로 세상을 바라보고, 내가 얘기하는 대로 세상을 인식했다. 생각해 보면 길을 가며 담배를 피우는 사람을 보고 내가 눈살을 찌푸리며 그 사람을 피했고, 마스크를 안 쓴 사람에게도 마찬가지였다.

이런 생각이 들자 내가 꼭 소은이의 카메라 렌즈가 된 기분이었다. 빨간색 렌즈를 끼우면, 아이는 빨갛게 세상을 보고, 파란색 렌즈를 끼우면, 아이는 파란색으로 세상을 보았다. 소은이뿐 아니라 모든 아이들이 마찬가지일 것이다. 아이는 엄마나 아빠, 양육자가 어떤 관점으로 세상을 바라보고 인식하느냐에 따라 양육자와 같은 색 렌즈를 대고 세상을 바라본다.

앞에 예로 든 것은 몇 가지 눈에 보이는 행동에 대한 평가였지만, 비단 이것뿐만 아니라 세상을 인식하는 방식, 사람을 대하는 태도, 문제 상황을 해결하는 방법 등 무수히 많은 것들을 아이는 부모를 통해 배운다. 우리는 어쩌면 알게 모르게, 늘 아이에게 끊임없이 가르치고 있었던 셈.

나는 소은이가 '이건 안 돼, 저건 안 돼.' 라고 말하는 걸 보면서 오래전 교육학 시간에 배웠던 유아의 도덕성 발달 이론이 생각났다. 교육심리학에서는 도덕성 발달을 위해서 인지적 성숙과 사회적 경험이 중요하다고 보고 있다. 아이가 만 4세 정도가 되면 옳고 그름을 구별하는 능력이 생기면서, 규칙과 규범을 중요하게 생각하는 시기가 온다. 이 시기는 어느 정도 인지적으로 성숙하여 도덕성 발달에 대해서도 생각해 볼 수 있는 연령이 되는 것이다. 그리고 도덕성은 한순간 습득되는 것이 아니라 부모의 사고방식과 행동을 통해 아이가 보고 자라는 것이니, 이쯤 되면 부모의 양쪽 어깨가 무거워지지 않을 수 없다.

나는 소은이가 공부를 잘하는 아이, 예체능을 잘하는 아이로 자라는 것도 좋지만 무엇보다 도덕적인 사람으로 자랐으면 좋겠다. 그러려면 나부터 그런 사람이 되어야 하는 건 당연한 일. 소은이가 바르고 선하게 자랄 수 있도록 나부터 그런 사람이 되고 싶다. 부디 오래오래 건강하게 소은이 옆을 지키면서 소은이에게 모범이 되는 엄마가 되고 싶다. 소은이가 어둡고, 깜깜한 렌즈가 아닌 밝고 환한 렌즈로 세상을 볼 수 있도록. 내가 반짝반짝 깨끗한 렌즈가 되어 소은이의 세상을 아름답게 비출 수 있기를 소망한다.

## 아가씨가 되고 싶은 여자아이

... ...

"엄마. 사람들 앞에서 나 모른 척해.
나 혼자 있는 것처럼 보이고 싶단 말이야."

... ...


아이의 손을 잡고 동네를 걸어가고 있는데 맞은편에 우리 아파트 단지에 있는 초등학교가 보였다.

"엄마, 저기 엄마 학교야?"

"아니, 저긴 나중에 소은이가 다닐 초등학교야. 엄마 학교는 여기서 멀어."

"엄마, 그럼 학교 신청했어?"

다섯 살 꼬맹이는 벌써 학교에 가고 싶은 마음에 엄마에게 학교를 신청했느냐 물었다. 내게 있어 학교란 그저 당연히 때가 되면 가는 곳이었는데, 소은이는 학교도 예약을 하고, 신청을 해야 갈 수 있는 곳이라고 생각하는 것 같았다. 하긴, 초등학교 취학통지서가 오면 예비소집일에 참석하고, 학교에 가겠다고 통지서를 제출해야 하니, 따지고 보면 소은이 말이 맞았다. 나는 지금 당장 학교에 가는 건 아니고, 나중에 소은이가 좀 더 크면 학교에 가는 거라고 일러주었다. 지금은 유치원에 다니고, 몇 년 후에 소은이가 학교 갈 나이가 되면 그때 꼭 신청을 하겠다는 말도 빼놓지 않았다. 그러자 소은이는 동그란 눈을 반짝이며 사실 지금도 학교에 다니고 있다고 말하는 게 아닌가.

소은이는 유치원에서 이제 여름 학교가 끝나고 가을 학교가 시작된다며 기뻐했다. 그러고 보니 소은이의 유치원에서는 봄 학교, 여름 학교, 가을 학교, 겨울 학교라는 이름으로 계절별로 프로젝트 수업을 하고 있었다. 나는 인식하지 못했지만 소은이 입장에서는 이미 학교를 다니고 있었고, 아이에게 학교라는 이름이 주는 무게는 나의 것과 다를 수 있었다.

"그러네, 소은이 말이 맞네. 소은이 이미 학교에 다니고 있는 거구나!"

나는 이런 야무진 생각을 하는 아이가 기특해서 아이의 머리를 쓰다듬으며 말했다.

"엄마, 나 아가씨 되는 거 얼마 안 남았지? 나는 진짜 아가씨가 되고 싶거든."

"정말? 왜 벌써 아가씨가 되고 싶어?"

"아가씨는 예쁘잖아. 난 빨리 아가씨가 되고 싶어."

나는 소은이 입에서 언니도 아니고 아가씨라는 말이 튀어나온 것에 새삼 놀랐다. 아직 어린이라고 부르기에도 어린 나이인 다섯 살 짜리가 벌써 아가씨가 되고 싶다니. 아이가 갑자기 내 손을 탁 놓더니 앞장서서 혼자 걷기 시작했다.

"소은아, 엄마 손 잡고 가야지."

"아니야, 엄마. 사람들 앞에서 나 모른 척해. 나 혼자 있는 것처럼 보이고 싶단 말이야."

"왜? 왜 혼자 있는 것처럼 보이고 싶어?"

"그럼 사람들이 '어머! 어린데도 혼자 가네.'하고 놀랄 거 아니야."

소은이의 마음속에는 벌써 독립의 욕구가 자리 잡고 있었다. 엄마에게서 자립하여 혼자 뭔가를 하고 싶고, 혼자 있어도 괜찮다는 걸 다른 사람에게 보여 주고 싶은 마음. 나는 소은이가 주도성 있는 아이로, 독립심과 자립심이 있는 아이로 자라면 좋겠다고 줄곧 생각했지만 갑작스러운 아이의 말에 살짝 놀랐다.

"그래, 알았어. 모른 척할게. 하지만 길을 건널 때는 엄마 손을 잡고 가야 해."

"왜?"

"길을 건널 때는 갑자기 차가 올 수도 있고, 위험하니까 엄마가 아직은 소은이를 보호해 줘야 하거든."

"응, 알겠어. 그럼 길 건널 때만 손잡는 거다."

그러고선 소은이는 나보다 앞장서서 혼자 걷기 시작했다. 당당하고, 씩씩하게 혼자 걸어갔다. 아이는 그렇게 혼자만의 시간을 즐기다 횡단보도가 나오면 다시 나에게로 돌아왔다. 아이에게 아직은 내 손길이 필요하다는 사실에 문득 안도감이 들었다. 고사리 같은 소은이의 손을 잡으며 길을 건넜다. 언젠가 소은이의 손이 내 손처럼 커질 날이 오겠지. 내 손을 잡지 않아도 혼자 횡단보도를 건너고, 혼자서도 어디든 갈 수 있는 나이가 되겠지. 그날이 오면 내 마음은 어떨까? '이제 내가 없어도 되겠구나' 하고 조금은 안심이 될까 아니면 벌써 그렇게 커버린 아이를 보며 서운한 마음이 앞설까.

이제 2년 반이면 소은이도 초등학생이 되는구나. 늘 그날이 멀게 느껴졌었는데 이날 처음으로 그날이 그리 멀지 않을 수도 있다는 생각이 들었다. 어쩌면 내가 생각하는 것보다 빨리, 아이가 초등학교에 입학할 날이 올지도 모르겠다. 그런 생각이 들자 갑자기 우리에게 주어진 유년 시간이 그리 길지 않다는 생각이 들었다. 아이가 먼 훗날 이때를 기억할 때, 엄마와 아빠의 사랑을 듬뿍 받았다고 느낄 수 있도록, 더 많이 안아 주고 아껴 주어야겠다.

# 5

## 엄마를 성장시키는 아이의 말

소은이가 태어난 지 이제 만 5년이 지났다. 아이를 낳고, 키우며 많은 일이 있었다. 아이의 존재는 나의 모든 일상을 변화시켰고, 내 인생을 바꾸었다. 그 과정에서 비록 아프고, 힘든 순간도 있었지만 결국 나는 엄마로서, 또 한 사람으로서 한 뼘 더 성장했다. 오죽하면 아픈 만큼 성장한다는 말도 있을까. 세상에 고통을 원하는 사람은 없지만 살다 보면 삶엔 시련과 시험이 찾아오기 마련이다. 그 위기를 극복하는 데 소은이와의 대화가 많은 도움이 되었다. 나를 성장시킨 건 결국 아이였고, 나는 아이를 키우며 비로소 어른이 되었다. 물론 그만큼 아이도 성장했다. 우리는 함께 자랐고, 앞으로 더 성장할 것이다.

# 유치원 가는 날

… …

"소은아, 오늘 유치원 가는 기분이 어때?"

"음……. 잇츠 해피!"

… …

　오늘은 아이가 유치원에 입학하는 날이다. 이날을 소은이도 나도 얼마나 기다려왔는지. 2월생이라 생일이 빠른 소은이는 또래 아이들보다 발달이 빠른 편이라 얼른 유치원에 가고 싶어 했다. 유치원이 결정된 순간부터 유치원 앞을 지날 때마다 '엄마, 저기가 내가 갈 유치원이야.' 노래를 부를 정도로 유치원에 대한 열망이 컸다. 유치원 입학설명회에 간 것이 11월이었으니 꼬박 4개월을 기다린 셈이다. 그 사이 여러 가지 행사를 통해 유치원을 몇 번 방문하기도 하고, 유치원 선생님들이 집 앞으로 찾아오기도 했다. 그래서인지 유치원에 대한 관심과 기대는 더욱 커져갔다.

　작년 겨울, 크리스마스 때 유치원 선생님들이 산타클로스 복장을 하고 반짝 공연을 해 주신 적이 있었다. 그때 선생님들이 타고 오신 노란 유치원 셔틀버스를 보고 소은이의 눈이 반짝였다.

"엄마, 나도 이제 노란 버스 타고 유치원 가는 거예요?"

한 번도 버스를 탄 적 없던 아이는 유치원 버스를 타는 것이 신나는 모양이었다. 그 뒤로 길에서 노란 봉고차만 보면 아이는 '엄마, 내 유치원 버스예요!' 소리치며 반가워했다. 차로 가면 5분 남짓, 가까운 거리에 있는 유치원이라 직접 데려다줄까도 생각했지만 소은이가 버스를 너무 타고 싶어 했기에 결국 셔틀버스를 타고 등원과 하원을 하기로 했다. 아이에게는 버스를 혼자 타보는 것 자체도 새로운 경험이고, 새로운 도전이라는 생각이 들었다. 무엇보다 항상 늦게 일어나 어린이집에 가던 습관을 고치려면 약속된 시간, 정해진 곳에서 버스를 기다리는 행위가 필요했다.

"소은아, 유치원 버스는 늦으면 우리를 기다려 주지 않는대. 꼭 정해진 약속 시간에 나가야 해. 그러려면 이제 일찍 자고 일찍 일어나야 해."

"응! 알았어, 엄마! 우리 꼭 일찍 자고 일찍 일어나자."

며칠 동안 계속 소은이에게 이렇게 얘기를 해 주었고, 마침내 오늘 소은이는 약속대로 일찍 자고, 일찍 일어나 유치원 갈 준비를 했다. 나도 소은이도 설레고 긴장되는 아침이었다. 아침을 먹으며 아이에게 물었다.

"소은아, 오늘 유치원 가는 기분이 어때?"

"음……. 잇츠 해피!"

잇츠 해피? '아임 해피'도 아니고 '잇츠 해피'라니! 아이는 정말 환하게 웃으며 이렇게 외쳤다. 나는 아이가 귀여워 웃음이 나왔다. 소은이에게 유치원에 가는 일이 단어 그대로 '행복' 그 자체인 것 같아 기쁘고 대견했다. 1년 반 전, 어린이집에 입소할 때와 비교하면 정말 눈부신 성장이었다. 1년 반 만에 이렇게 변할 수 있다니. 어린이집을 졸업할 때 담임 선생님이 해 주신 말씀이 생각났다.

'소은이는 반에서 가장 변화가 컸던 아이예요. 처음에 걱정했던 것과 달리 정말 많이 좋아지고 달라졌어요.'

유치원이라는 새로운 환경 변화는 소은이뿐 아니라 나에게도 남들보다 더 두렵고 긴장되는 일이었다. 그래서 유치원 선택에도 정성과 심혈을 기울일 수밖에 없었다. 그런데 소은이가 한 치의 걱정이나 불안을 비치지 않고 '잇츠 해피'라고 외치니 안도감에 눈물이 날 것 같았다.

소은이와 나는 미리 나가서 유치원 버스를 기다렸다. 노란색 버스를 기다리는 우리의 마음은 같았을 것이다. 콩닥콩닥, 두근두근, 설레고 떨리고 긴장되는 시간. 나는 그 마음을 들키지 않으려고 소은이에게 말을 걸었다.

"소은아, 유치원 잘 다녀와. 엄마가 여기서 소은이 기다리고 있을게."

"우와, 신난다. 그럼 나 콩순이처럼 '엄~~마!' 하고 뛰어갈 거야."

아, 그런 것이구나. 그리고 보니 아이가 보던 애니매이션의 호비도, 콩순이도 모두 노란색 유치원 버스를 타는구나. 소은이에게는 노란 버스가 어쩌면 유치원을 대신하는 상징 같은 것일지도. 오매불망 바라던 형님이 되어 혼자서 씩씩하게 버스를 타고 유치원에 가는 것이 아이에게는 자랑스럽고 뿌듯한 일이었나보다.

"소은아, 혹시 유치원에서 엄마가 보고 싶으면 이거 먹어."

나는 소은이의 작은 손바닥에 손가락 하트를 그려주었다. 오래전부터 해오던 소은이와 나만의 약속이었다. 손가락에 하트를 그려 주면 소은이가 먹는 시늉을 한다. 그러면 엄마의 사랑이 소은이 몸속으로 들어가 소은이를 지켜 준다는 설정이었다.

"엄마, 이쪽도 그려 주세요."

나는 양 손바닥 가득 정성스럽게 하트를 그려 주었다. 소은이도 내 손바닥에 하트를 그려 주었다. 이윽고 유치원 버스가 도착했다.

처음으로 나와 떨어져 혼자 차를 타 보는 아이. 아이가 자리에 앉아 벨트를 매고 손을 흔들며, 하트 손가락을 만드는 모습을 보며 갑자기 눈물이 났다. 어느덧 이렇게 자란 딸아이가 대견하고 고마워 마음이 뭉클했다. 나는 애써 눈물을 삼키며 열심히 손을 흔들었다. 그리고 아이를 실은 버스가 떠나자 눈물이 쏟아졌다. 아이가 세상을 향해 한 발 더 나아갔다는 생각에 가슴이 벅차올랐다. 문득 친정 엄마 생각이 났다. 내가 처음 학교에 가고 나서 엄마 혼자 남겨졌을 때, 엄마도 이런 기분이셨을까?

그토록 기다리던 자유와 해방의 시간이 왔는데 나의 발길은 집이 아니라 유치원으로 향하고 있었다. 차가 나의 발걸음보다 빠르니, 나보다 아이가 먼저 도착하겠지만 왠지 유치원에 가서 문이라도 보고 와야 마음이 편할 것 같았다. 터덜터덜 유치원을 향해 가고 있는데 유치원에 도착할 무렙 낯익은 노란 버스가 내 옆을 스쳐 지났다. 그리고 분홍색 옷을 입은 딸아이가 보였다.

이렇게 반가울 수가! 나는 나무 뒤에 몰래 숨어 소은이가 내리는 것을 지켜보았다. 소은이는 차에서 내려 씩씩하게 계단을 올라갔다. 선생님이 소은이의 이름을 부르며 반갑게 맞이했고, 이내 소은이가 내 시야에서 사라졌다. 나는 소은이가 들어간 유치원 문 앞을 한참을 바라보다 기도를 했다. 부디 이곳에서 아이가 행복한 유년 생활을 보낼 수 있기를. 즐거운 일들만 가득하기를. 좋은 친구들과 좋은 선생님을 만나 반짝반짝 빛나는 꿈을 키워 나가길 온 마음을 다해 기도했다.

집에 돌아오는 길, 산에 올라가 까치를 보았다. 까치는 행운을 가져다준다지. 바람은 아직 차가웠지만 햇살이 눈부시게 빛나고, 따스하게 내리쬐던 날이었다. 아이가 유치원에 입학한 날. 비록 입학식이라는 거창한 행사도, 특별한 사건도 없지만 오늘은 아이의 인생에서, 그리고 나의 인생에서도 역사적인 순간으로 오래오래 남을 것 같다.

## 아이를 쫓아왔던 괴물

··· ···

"엄마, 우리 유치원은 괴물 유치원이야."

··· ···

유치원에 입학한 후로 활동량이 많아진 덕에 아이의 취침 시간이 밤 10시로 당겨졌다. 낮잠을 자지 않으니 다른 아이들은 집에 오면 쓰러져 잠을 잔다는데 소은이는 워낙 에너지가 넘치는 아이라 그런 기적이 일어날 리는 없다. 요즘 소은이는 일찍 자면 10시, 늦으면 11시에 잠이 들곤 하는데 우리는 그것에도 만족했다. 어린이집 다닐 때 소은이의 평균 취침 시간은 밤 12시였고, 새벽까지 안 자고 버티는 날도 무수히 많았기에. 10시면 감사할 정도였다.

그런데 이날은 웬일인지 아이가 유난히 잠자기를 거부했다. 너무 피곤해서 몸이 버티지를 못하는데 정신은 자지 않겠다고 버티고 있었다. 졸음이 머리끝까지 오는데도 안 자려고 바둥거리는 아이를 보며, 졸리면 자면 되는데 너는 왜 그렇게 안 자려고 애를 쓰냐고, 나는 결국 참다못해 아이에게 버럭 화를 내고 말았다. 잠이 오면 자면 되는데 왜 그토록 안자는 건지 어른인 나로서는 이해할 수가 없었다. 미안하다며 울음을 터트리는 아이를 보고 '내가 무슨 짓을 한 건가.' 깨닫고 바로 미안한 마음이 들어 아이를 꼭 안아주었다.

"소은아, 엄마가 화내서 정말 정말 미안해."

"나도 정말 미안해, 엄마."

예전 같았으면 아이를 달래는 데도 한참의 시간이 필요했을 텐데, 만 다섯 살이 되어 제법 의젓해진 아이는 금세 눈물을 그치고 엄마 품에 안겼다. 토닥토닥 아이의 가슴을 토닥여 주고 얼마나 시간이 지났을까. 소은이가 나지막이 이런 말을 했다.

"엄마, 우리 유치원은 괴물 유치원이야."

"괴물 유치원?"

"응, 유치원에서 괴물이 나타나서 나를 막 쫓아왔어."

유치원에 입학한 지 2주. 그동안 새로운 유치원을 너무 좋아하고, 신나게 다니고 있던 터라 소은이의 말이 당황스러웠지만 최대한 놀라움을 감추고 태연하게 대답했다.

"혹시 착한 괴물이었어?"

"아니, 무서운 괴물."

"정말? 소은이 무서웠겠다. 그럼 괴물이 나타났을 때 선생님들은 어떻게 하셨어?"

"선생님들도 괴물이야. 무서워."

"친구들은?"

"친구들은, 착해."

친구들은 착하다고 하니 그나마 다행이라고 해야 하나. 생각보다 유치원에 빨리 적응했고, 선생님도 소은이에 대한 칭찬을 아끼지 않아서 마음을 놓고 있었다. 그런데 사실은 유치원에서 힘든 부분이 있었던 걸까. 미안하고 마음이 아팠다. 그런 줄도 모르고 아이에게 화를 내다니.

언젠가 아이에게 물은 적이 있다. 왜 그렇게 자는 것을 싫어하냐고. 아이는 잠이 들면 무서운 괴물이 나타날까 봐 그렇다고 대답했다.

'오늘따라 네가 안 자려고 힘겹게 버틴 것은 잠이 들면 꿈속에서 무서운 괴물이 나타날까 봐, 무서운 꿈을 꿀까 봐 그런 것이었구나. 낮에 힘든 일이 있으면 밤에 편안히 잠들지 못하는 건 어쩌면 너무 당연한 것이었는데 엄마가 미처 생각하지 못했어. 정말 미안해.'

나는 소은이와 예전에 나누었던 대화가 떠올라 더욱 미안해졌다.

"소은아, 오늘 혹시 유치원에서 힘든 일 있었어?"

"응!"

"어떤 점이 가장 힘들었어? 엄마한테 말해 줄래?"

"유치원 버스 아저씨가 "떠드는 사람 누구야!" 소리치고 화를 냈는데 괴물처럼 너무 무서웠어."

소은이가 잠든 밤, 나는 생각에 잠긴다. 아이의 말을 엄마인 나는 어떻게 해석해야 할까? 선생님께 내색을 해야 할까? 아니면 모른 척 넘어가야 하는 것일까? 기사님이 한 마디 하신 것을 아이가 너무 크게 받아들인 것은 아닐까? 아니면 정말 아이들에게 그렇게 무섭게 화를 내셨을까?

학부모가 되는 길은 참 어렵다. 수많은 학부모가 나와 같은 고민을 할 것이다. 아이가 집에 와서 한 이야기를 학교 측에 전해야 할지 말아야 할지. 아이의 말만 믿어서도 안되지만, 아이의 말을 무시해서도 안 되는 것이 바로 엄마이기에. 나는 아이가 만들어낸 상상과 현실, 그 중간 어딘가를 맴돌며 쉽사리 잠을 이루지 못했다.

그리고 마침내 내린 결론은 너무 어렵게 생각하지 말고,

유치원 선생님께 사실 그대로 말씀을 드리기로 했다. 지난 나의 경험에 비추어 보면 아이가 어릴수록, 부모는 아이를 보낸 기관과 민감하게 소통을 해야 하기에. 아이가 보내는 신호에는 이유가 있다. 그것이 어른들에게 아무리 사소한 일일지언정 아이에게는 잠을 이루지 못할 정도로 힘든 일이라면, 부모로서 모른 척하면 안될 것 같았다. 마음을 차분히 하고 숨을 크게 내쉬어 본다. 그저 한 번쯤 스쳐 지나가는 일이기를. 부디 아이를 쫓아왔던 괴물이 고단하고 피곤했던 하루를 보낸 아이가 만들어 낸 상상 속의 괴물이기를 바란다.

## 어린이 세계로의 초대

··· ···

"엄마도 나처럼 어린이가 되면 할 수 있을 거야."

··· ···

아이를 재우고 있는데 침대 위에 한 줄로 늘어진 인형들이 보였다. 내가 아는 체를 하자 소은이는 토끼 인형 아로 미에게 유니콘 침대를 만들어 주었다며 자랑스럽게 말했다. 처음에는 인형들이 아무렇게나 놓여 있는 것이라 생각했는데 유심히 살펴보니, 그게 아니라는 것을 알게 되었다. 인형들은 저마다 규칙을 가지고 분류되어 있었다. 길고 큰 인형들은 침대 역할을 하고, 상대적으로 짧고 작은 인형들이 그 위에 놓여 있었다.

"소은이 정말 대단하다. 그러고 보니 친구들이 모두 각자 침대 위에서 자고 있네. 소은이가 친구들에게 침대를 만들어 줬구나."

"응, 생쥐한테는 이불도 덮어 줬어."

자세히 보니 생쥐 인형이 소은이가 아기 때 쓰던 작은 베개를 침대 삼아 누워 있고, 거즈 손수건은 이불 역할을 하고 있었다. 저 손수건은 또 어느 틈에 가져온 것인지 아이의 아기자기한 면모에 빙그레 웃음이 나왔다.

"소은이 정말 착하구나. 생쥐 추울까 봐 이불도 덮어 주고."

"응, 나 정말 착하지?"

"응, 친구들이 침대가 생겨서 잠이 정말 잘 오겠는걸?"

"맞아."

"엄마는 그런 생각 못해 봤는데. 우리 소은이 기특하네."

"엄마도 어린이가 되면 할 수 있어."

"응?"

"엄마도 나처럼 어린이가 되면 할 수 있을 거야."

소은이는 자기가 어린이인 것을 뿌듯해 하며 내게 희망을 가지라는 듯이 격려했다. 소은이의 말은 내게 신선한 충격으로 다가왔다. 어른인 내가 어린이가 되면 할 수 있다고? 이것은 마치 아이가 나를 어린이라는 세계로 초대하는 말 같았다. 하지만 어린이가 되는 일은 내가 아무리 하고 싶어도, 아무리 노력해도 할 수 없는 일이었다. 그 순간 소은이와 나 사이에는 눈에 보이지 않는 또 다른 세계가 존재하는 것만 같았다.

우리는 같은 공간에 머물고 있지만 소은이는 어린이라는 세계에서 살고 있구나. 어른의 눈에는 그저 어질러져 있던 인형들은 사실 아이가 만들어둔 질서 속에 놓여 있었다. 아이는 자신이 만들어 놓은 세계 속에서 인형들과 관계를 형성하고, 배려하고, 온정을 베풀고 있었다. 어른은 흉내낼 수 없는 어린이만의 고유한 마음. 나는 어떻게 하면 소은이의 바람대로 이러한 마음을 가질 수 있을까?

어린이는 커서 어른이 되지만 어른은 다시 어린이로 돌아갈 수 없다. 그럼 우리는 이제 영영 어린이라는 세계를 알 수 없는 것일까? 어린이의 시선으로 세상을 볼 수 없는 것일까? 이런 생각에 머물자 문득 김소영 작가의 에세이 《어린이라는 세계》[47]라는 책이 떠올랐다. 이 책에서 저자는 어린이라는 세계가 우리 안에 있다고 말한다. 그리고 어린이의 말에 더 많이 귀를 기울이겠다고 다짐한다. 어린이가 표현한 것만 듣지 않고, 표현하지 못한 것이 무엇인지 생각하겠다고. 어린이가 말에 담지 못하는 감정과 분위기가 무엇인지 알아내는 어른이 되겠다고. 바로 이것일까? 어른인 우리가 어린이의 세계로 진입할 수 있는 방법!

이 책을 읽으면서 내가 그동안 엄마라는 이름으로 아이를 사랑한다고 하면서도 얼마나 내 방식대로 아이를 바라보았는지 반성하게 되었다. 그리고 동시에 희망도 생겼다. 세월을 거슬러 내가 어린이로 돌아갈 순 없지만 소은이를 통해 어린이라는 세계를 만날 수 있을 것이라는 희망. 그럼 어쩌면 소은이의 말대로 나도 어린이가 되어 아이가 말하

---

47 김소영, 사계절, 2020.

는 것을 함께 할 수 있을지도 모른다.

중요한 것은 아이를 미성숙한 존재, 그저 어른의 돌봄을 필요로 하는 나약한 존재가 아니라 때론 어른보다 더 진중하고, 어른보다 더 세심하고, 배울 것이 많은 존재라는 사실을 기억하는 것이다. 소은이와 대화하다 보면 평소에 내가 생각하지 못한 지점에 가닿을 때가 많다. 아이는 나를 성장시키고, 나를 꿈꾸게 하고, 나를 좀 더 좋은 어른으로 변화시킨다. 어쩌면 내가 소은이를 키우는 것이 아니라 소은이와 함께 나도 자라는 중일지도 모른다.

## 고백하기 시작한 아이

… …

"밤 되니까 정말 좋다. 난 옛날에는 밤을 싫어했는데

이제는 밤이 조금 좋아졌어."

… …

소은이가 고백을 하기 시작했다. 정확히 말하면 지난날에 대한 고백이다. 과거를 회상하고, 지나간 일에 대해 반추하는[48] 능력이 생긴 것 같아 내심 대견했다. 다섯 살짜리가 아기 때 일을 기억하고, 지금의 일과 연상 지어 생각할 줄 알다니.

첫 고백은 밥을 먹으면서 이뤄졌다. 우리 부부는 평소 아이가 실수로 한 잘못에 대해서는 꾸짖지 않는다. 대신 잘못된 행동에 고의성이 있으면 혼을 냈다. 어느 날 아이가 식탁에서 밥을 먹다 반찬을 흘리고 곧바로 내게 사과를 했다.

"엄마, 내가 계란 떨어트려서 정말 미안해."

"괜찮아. 일부러 그런 것도 아니잖아."

"응, 근데 나 옛날에는 밥 먹기 싫어서 일부러 떨어뜨렸는데."

그러면서 빙그레 웃는 게 아닌가. 나는 깜짝 놀랐다. 먹기 싫어서 일부러 반찬을 흘린 적이 있다니. 어린 아기니까 반찬을 떨어트리는 것은 당연히 실수라고만 생각했다. 그 안에 의도가 담겨 있을 거라곤 상상도 못 했는데. 말 못 하는 아기의 행동에도 소박한 반항이 숨어 있었구나. 지나간 일로, 그것도 아기 때 일로 아이를 혼낼 수도 없는 노릇이

---

48 어떤 일을 되풀이하여 음미하거나 생각하다.

라 나는 멋쩍게 웃을 넘길 수밖에 없었다.

어느 날은 모처럼 차에서 소은이를 재우기 위해 야간 드라이브를 시도했다. 그러나 소은이는 자기는커녕 들뜬 목소리로 이렇게 얘기하기 시작했다.

"밤 되니까 정말 좋다. 난 옛날에는 밤을 싫어했는데 이제는 밤이 조금 좋아졌어."

"왜 밤이 좋아졌어?"

"밤은 책 읽기 좋잖아. 난 책 읽는 거 진짜 재밌거든. 아침엔 티브이가 더 재밌고. 밤에는 엄마 아빠가 티브이 보면 안 된다고 그래서. 책은 된다고 해서. 밤에는 책만 읽는 거야."

밤에 책을 읽는 이유가 너무 현실적이긴 했지만 옛날에는 밤을 싫어했다는 소은이의 고백을 들으니 속이 다 후련했다. 그래서 매일 밤마다 그렇게 목놓아 울었던 거였구나. 한편으로는 책 읽는 게 좋아서 밤이 좋아졌다는 제법 어른 같은 아이의 대답에 웃음이 나왔다.

사실 아이가 밤마다 잠자리에서 책을 더 읽어달라고 조르는 것은 사실이지만 그게 정말 책을 좋아해서 그런 건지, 자기 싫어서 책을 읽는 건지 알쏭달쏭했다. 책 읽는 게 진짜 재미있다면 낮이고 밤이고 책을 봐야 할 텐데 이때만 해도 낮에는 통 책을 보지 않았다. 오히려 어린 아기일 때 혼자 책을 꺼내고, 스스로 책장을 넘기는 일이 많았다. 그때는 내가 한참 그림책 육아에 열을 올리던 시절이기도 했다. 아이에게 다양한 책을 접하게 해 주고 싶은 욕심에 책을 계속 바꿔 주기도 하고, 도서관에도 많이 데리고 갔었다. 아이가 어릴 때는 어린이 도서관을 매일 드나들고, 그곳에서 책을 읽는 것이 우리의 일상이었는데. 내가 아프고 나서 자연히 도서관과 멀어졌고, 잠자기 전에 겨우 책을 읽어 주는 것이 독서 경험의 전부가 되었다.

그림책 육아를 다시 시작할 수 있을까. 때마침 책 읽는 것을 진짜 좋아한다는 소은이의 고백이 나를 움직이게 했다. 다시 열심히 책을 읽어 주는 엄마로 돌아가고 싶었다. 《푸름 아빠 거울 육아》[49]의 저자인 푸름이 아빠는 아이가 책을 읽어 달라고 하면, 밤새 책을 읽어 줬다지.

결국 암 진단을 받고 1년 뒤, 3년 전 탈회했던 '어린이 도서 연구회'의 문을 다시 두드렸다. 2019년, 딸아이가 13개

---

49 최희수, 한국경제신문사(한경비피), 2020.

월일 때, 어린이 도서 연구회에 가입해서 1년 동안 활동을 했었다. 그때는 코로나가 없던 시절이라, 매주 어린이 도서관에서 대면 모임이 있었다. 매주 화요일 아침 10시면 갓 돌이 지난 아이를 맡겨 놓고, 도서관에 가서 책을 읽고 이야기를 나누었다. 그때 신입 회원 강의를 들으며, 오롯이 나만의 시간을 보낼 수 있음에 얼마나 행복했던지. 시, 문학, 가치, 욕망, 불온, 생명, 해방감……. 한동안 잊고 지내던 단어들이 내 마음에 들어오면서 얼마나 가슴 설레었던가.

당시 신입 회원으로 목소리 연기에 참여했었던 그림자극도 잊지 못할 추억으로 남아있었다. 준비하면서 서툴고 힘들기도 했지만 선배들, 동기들과 함께했던 과정이 즐겁고 보람 있었고, 공연 날에는 소은이와 온 가족이 공연을 보러 오기도 했었다. 그러나 1년의 활동이 끝나고, 코로나로 대면 모임이 금지되면서 모임 활동도 잠정적으로 중단에 들어갔다. 그리고 얼마 후 나도 곧 직장에 복직하게 되면서 결국 어린이 도서 연구회를 나오게 되었다. 그때는 내 인생에 다시 휴직이란 없을 줄 알았고, 아쉽지만 어린이 도서 연구회로 돌아갈 기회도 없을 거라 여겼다. 이렇게 암 환자가 되어 직장을 쉬게 될 줄은 상상도 못했으니까.

감사하게도 그때 만난 분들이 여전히 그 자리에서 나를 환영하며 반겨 주셨고, 그렇게 다시 활동을 시작한 지도 어느새 1년이 되었다. 어린이 도서 연구회는 일주일에 한 번씩 정기 모임을 통해 아이들에게 읽어 주면 좋은 그림책을 공부한다. 또 어린이 도서관에서 매주 아이들에게 책을 읽어 주는 봉사를 하기도 한다. 비록 치료와 육아와 글쓰기로 바빠 마음처럼 열심히 활동하지는 못하고 있지만 내가 어린이 도서 연구회의 회원인 것이 자랑스럽고 기쁘다. 앞으로 우리에게 또 어떤 그림책의 세계가 기다리고 있을까. 나를 다시 그림책과 만나게 해 준 소은이에게 고맙다. 이 모든 것이 그날 밤 소은이의 고백에서 비롯된 것이니.

## 화나는 이유를 세는 아이

··· ···

**"엄마, 나 오늘 열 개 화났어!"**

··· ···


"엄마, 나 오늘 열 개 화났어!"

잠자리에 누운 소은이가 머릿속으로 오늘 있었던 일을 떠올리면서 손가락을 하나하나 접는다. 그리고 화가 났던 횟수를 꼽더니 화가 열 개나 났다고 말했다. 나는 '그럴 땐 열 번 화났다고 말하는 거야.'라고 고치려다가 그게 중요한 게 아닌 것 같아 그만두었다. 그보다 무슨 일이 있었길래 열 번이나 화가 났는지 듣는 게 더 먼저인 것 같았다.

"어머, 소은이 왜 화가 열 개나 났어? 엄마한테 말해 줄래? 엄마가 들어 줄게."

소은이가 화난 이유는 다양했다. 유치원 오빠가 자기가 하고 싶은 것을 못하게 해서, 엄마가 아까 젤리를 주지 않아서, 유치원 친구랑 놀이터에서 놀지 못해서, 할머니가 보고 싶다고 말했는데 할머니 집에 못 가서 등. 예전에는 화가 나면 울기부터 했던 아이가 화가 난 개수를 조목조목 따져서 자신의 감정을 표현하고, 하루 동안 있었던 일을 회상해서 정리하는 걸 보며 부쩍 아이가 컸다는 생각이 들었다. 졸려서 짜증이 난 아이는 결국 화가 난 이유를 다 말하지 못하고 잠이 들었다. 하지만 그래도 괜찮다. 자신의 감정을 읽어 주는 엄마가 있다는 것만으로도 아이의 감정이 어느 정도는 해소되었을 테니까.

다음 날, 유치원 등원 준비로 바쁜 아침. 셔틀버스를 타려면 빨리 나가야 하는데 소은이가 갑자기 머리띠를 찾는다. 라푼젤 머리띠를 유치원에 하고 가겠다며 고집을 부리기 시작해서 나는 안된다고 말했다. 그 머리띠를 찾아나서는 순간 유치원 버스를 놓치고 말 것이다.

"소은아, 지금은 시간이 없어서 라푼젤 머리띠를 찾을 수 없어. 그리고 라푼젤 머리띠는 유치원에 가져가지 않기로 했잖아."

"엄마, 나 한 개 화났어!"

그래도 나는 안 된다고, 잘라 말했다. 그러자 소은이가 이번에는 엄마가 묶어 준 양갈래 머리 스타일이 마음에 들지 않는다며 머리를 풀어달라고 요구한다. "그럼 밥 먹을 때 머리가 다 내려오잖아. 그냥 묶고 있자."라고 말하자 소은이의 얼굴이 일그러진다. 그러더니 씩씩대며 외쳤다.

"엄마, 나 두 개 화났어!"

나는 아차 싶어서 머리를 풀러 주며 말했다.

"우리 소은이가 머리를 풀고 싶은데 엄마가 마음을 몰라줘서 많이 속상했구나? 알겠어. 엄마는 네가 머리를 묶는 게 활동하기에 더 편할 것 같아서 그랬지. 그럼 머리 풀어 줄 테니 밥 먹을 때는 선생님께 묶어 달라고 해. 이제 화 한 개는 풀렸어?"

"응, 알겠어. 이제 한 개 풀렸어."

"그리고, 라푼젤 머리띠는 유치원 갔다 집에 와서 꼭 하고 놀자. 이제 나머지 화도 다 풀렸을까?"

"응, 꼭이야."

생각해 보면 머리를 묶는 게 아이의 감정을 상하게 하면서까지 강요할 일은 아니지 싶다. 또 이제 아이는 자신의 헤어스타일은 자신이 결정하고 싶을 만큼 컸구나 싶어서 아이의 의사를 존중해 주고 싶었다. 반면 안 되는 일은 아무리 아이가 화를 내도 들어 줄 수 없다. 대신 화난 감정을 빨리 추스르고 전환할 수 있도록 엄마가 도울 수는 있다.

부정적인 감정 자체를 부정하는 것이 아니라 아이가 부정적인 감정을 수용하고, 그걸 해소할 수 있도록 돕는 건 엄마의 몫. 아이가 자신의 감정을 마음에 담아 두지 않고 그때그때 표현한다는 건 반가웠지만, 될 수 있는 한 아이의 마음에 화가 쌓이지 않았으면 하는 마음이니까.

어느덧 유치원 버스가 왔다. 친구들이 안전 벨트를 매는 동안 소은이와 나는 서로에게 등원 의식 4종 세트를 보낸다. 머리 위로 큰 하트 그리기, 양손으로 작은 하트 그리기, 손키스 보내기, 마지막에는 파이팅 동작의 순서로. 이렇게 네 개의 동작을 차가 출발할 때까지 둘 다 무한 반복한다. 이 4종 세트는 아침에 헤어지면서 서로가 잘 지내길 바라는 우리만의 의식이다. 그런데 어떤 날은 너무 시간이 없어서, 또 어떤 날은 소은이가 나에게 토라져서 이 의식을 하지 못하고 가는 날도 있다. 한 번은 나에게 토라져서 고개를 아예 돌리고, 엄마 쪽을 쳐다보지도 않고 가는 모습에 얼마나 마음이 불편했는지.

오늘 아침 화가 두 개 났던 소은이는 어느새 화가 다 풀렸는지 열심히 하트를 그리며 나를 보고 웃는다. 나는 유치원 버스가 출발할 때까지 열심히 손을 흔들며 아이를 배웅했다. 오늘도 아이의 하루가 즐겁고 행복하기를 바란다.

## 유치원을 옮기던 날

··· ···

"우리 유치원 안녕, 미안하지만 우린 새로운 유치원에 가야 해."

··· ···

개인적인 사정으로 유치원을 옮기게 되었다. 어린이집 사건이 우리 가족 모두에게 트라우마로 남았기에 유치원을 옮기는 일은 더욱 조심스러웠다. 하지만 안타깝게도 기존 유치원을 계속 다니기에는 여의치 않은 상황들이 이어졌다. 그래서 여러 유치원을 찾아보고 입학 상담을 받았다. 그중 다행히 마음에 드는 유치원을 찾아 미리 소은이를 데리고 가서 유치원 환경도 둘러보고, 담임 선생님도 만나고 왔다. 그러나 우리 부부는 섣불리 행동에 옮길 수가 없었다. 결단이 필요한 시점이었다.

이날도 저녁 식탁에서 유치원 문제로 남편과 이야기를

나누고 있었다. 그런데 조용히 밥을 먹고 있던 소은이가 갑자기 이렇게 외쳤다.

"엄마, 아빠, 나 ㅇㅇ에 갈래!"

우리는 눈이 휘둥그레져서 숟가락질을 멈추고 소은이를 바라보았다.

"그게 정말이야? ㅇㅇ에 가고 싶어졌어?"

"응! 나 ㅇㅇ에 갈 거야."

아이의 결심이 고마웠고, 그날로 유치원을 옮기기 위한 작업에 들어갔다. 기존 유치원을 방문하여 혹시나 하는 마음으로 상담을 받았지만, 우리의 마음을 움직이지는 못했다. 선생님들, 친구들과 인사를 나누고, 새로 갈 유치원 측과 첫 등원 날짜를 잡았다. 아무래도 중간 입소이다 보니, 아이가 잘할 수 있을지 마지막 순간까지 걱정이 되었다. 그러나 나의 걱정과 달리, 아이는 새로운 곳으로 간다는 설렘으로 가득 차 있었다.

마침내 유치원을 옮기는 날, 셔틀버스가 있었지만 등원 시간은 너무 빠르고, 하원 시간은 너무 늦었다. 당분간은 내가 아이를 직접 차로 데려다 주기로 하고 유치원으로 향했다. 우리 집에서 새로운 유치원 사이에는 기존 유치원이 있었다. 차 안에서 예전 유치원을 발견한 아이는 해맑게 웃으며 손을 흔들었다.

"우리 유치원 안녕, 미안하지만 난 새로운 유치원에 가야 해."

이렇게 천연덕스럽게 말하는 아이를 보며 나는 조금 놀랐고, 한편으론 안심이 되었다. 낯을 많이 가리고, 예민한 소은이의 특성상 유치원을 옮긴다는 것이 쉬운 일이 아니라고 생각했다. 하지만 아이는 생각보다 편안하게 자신에게 닥친 일을 받아들이고 있었다. 더 놀라운 일은 아이를 유치원에 보내고 나서 일어났다.

등원하고 10분도 지나지 않아 담임 선생님으로부터 소은이의 사진이 전송되었다. 사진 속 아이는 아주 밝은 표정으로 처음 보는 친구들과 어깨동무를 하고 있었다. 내 눈으로 보고도 믿을 수가 없었다. 이렇게 편안하고 행복해 보이는 표정이라니! 몇 시간 뒤에는 친구들과 웃으며 밥을 먹는 사진, 체육관에서 춤을 추고 있는 사진, 강당 매트에서 친구들과 뒹굴고 있는 사진, 부채춤을 추는 사진 등이 도착했다. 친구들이 소은이를 너무 좋아해서, 서로 소은이 손을 잡겠다며 귀여운 다툼을 하기도 했다는 담임 선생님의 말씀에 어안이 벙벙했다. 선생님은 소은이는 원래부터 여기 다녔던 아이처럼 잘 놀고 있으니, 걱정하지 않아도 된다고 하셨다. 엄마인 내가 봐도 그래 보였다.

반나절도 되지 않아 새로운 유치원에 완벽하게 적응한 소은이를 보며, 이제 더 이상 아이를 너무 걱정하지 않아도 되겠다는 생각에 가슴이 벅찼다. 마치 그동안 아이를 잘 키웠다고, 누군가에게 확인 도장을 받은 기분이었다.

며칠 뒤 아이가 새로운 유치원에서 그려온 그림에는 이전과 변함없이 행복하게 웃고 있는 소은이가 있었다. 아이는 새로 옮긴 유치원을 좋아했고, 등원 길에 소은이를 반기며 안아 주는 친구들을 내 눈으로 직접 보며 마음이 놓였다.

소은이를 키우며 몸도 마음도 참 오랜 시간 힘들었다. 하지만 병을 얻고 나서 아이와 보낸 1년의 시간이 오히려 우리의 관계를 회복시켰다. 나는 비록 몸은 아픈 엄마였지만, 아이를 건강하게 돌보았고, 이제 아이도, 나도 회복하여 평온한 일상을 살아가고 있다. 만일 내가 암을 진단받지 않고, 계속 번 아웃burn out 상태로 살았더라면, 우리 가족의 모습은 지금 어떻게 달라졌을까? 또 암을 진단받고 나서,

내가 계속 슬픔에 빠져 우울하게 지냈더라면, 아이가 이렇게 밝은 모습으로 세상에 나아가지 못했을 것이다.

결국 중요한 것은 내가 아프고 안 아프고가 아니라 어떠한 상황에서도 행복하기로 마음먹는 것 아닐까. 나는 엄마이고, 누구보다 내 아이를 사랑한다. 아이에게는 내가 암 환자인지 아닌지 그런 것이 중요한 게 아니다. 내가 지금, 여기, 오늘 이 순간에 아이와 함께 숨 쉬고 살아있다는 것이 중요하다. 이 세상의 모든 아픈 부모도 이런 마음으로 아이를 바라보았으면 좋겠다. 아픈 엄마라는 죄책감을 가질 필요도 없고, 아픈 자신을 원망할 필요도 없다. 아이들에게는 자신의 엄마, 아빠가 다른 누구와도 비교할 수 없는 이 세상 최고의 엄마, 아빠니까. 나의 삶이 다할 때까지 아이를 마음껏 사랑하면 그걸로 충분하다.

## 예수님의 사랑

…  …

"엄마, 예수님은 나쁜 아이도 사랑해?"

…  …

얼마 전에 차를 타고 본당(교적을 둔 성당) 앞을 지나가고 있었다. 나는 그날도 잽싸게 성호경을 긋고 성당을 가리키며 말했다.

"소은아, 저기 예수님 성이다. 인사하자."

"예수님, 안녕하세요. 앗, 예수님이다!"

"어디?"

"저기 예수님!"

"어디? 엄마는 안 보이는데?"

"난 예수님 보여. 난 예수님이 하늘 위에 숨어 있어도 다 알거든!"

가끔 소은이가 이런 말을 할 때면 나는 정말인가 싶어 눈이 휘둥그레진다. 그럴 리 없지만 혹시나 하고 하늘 위를 두리번거렸다. 성당 지붕 위로 십자가만 보일 뿐, 예수님은 보이지 않았다.

"그럼 예수님 뭐하고 계셔?"

"하느님이랑 성모님이랑 같이 계셔."

"정말이야?"

"응. 하느님이 예수님 아빠지? 성모님은 예수님 엄마고?"

"응, 맞아. 그럼 소은이 눈에 아기 예수님이 보이는 거야?"

"아니, 큰 예수님. 난 큰 예수님이 잘 보여."

소은이 눈에는 예수님이 보인단다. 그것도 아기 예수님이 아니고 큰 예수님이. 지어낸 얘기라고 하기에는 너무 구체적이고, 사실이라고 하기에는 솔직히 믿을 수 없는. 소은이에게만 보이는 예수님. 가끔 소은이가 이렇게 말할 때가 있는데 그럴 때마다 나는 정말 예수님이 아이 눈에는 보이는 게 아닐까 싶다가도, '소은이가 능청스럽게 연기를 하고 있는 거겠지' 하며 웃어넘긴다. 어느 쪽이든지 그렇게 말할 수 있는 소은이의 맑은 영혼이 부럽다. 나의 마음속에만 있는 예수님이 소은이의 눈에는 보인다니. 그것도 잘 보인다니.

어느 날은 소은이가 내게 물었다.

"엄마, 예수님은 나쁜 아이도 사랑해?"

나는 어떻게 대답해야 할지 몰랐다. 예수님은 나쁜 사람, 좋은 사람을 가려서 사랑하시는 게 아니라 우리 인간 자체를 사랑한다고 말해주고 싶었으나 어린아이에게 그게 어떻게 받아들여질지 조금 걱정이 되었다. 나쁜 아이도 사랑한다고 말한다고 해서 소은이가 나쁜 아이가 되는 것도 아닌데. 나는 잠시 생각했다가 소은이에게 이렇게 말해주었다.

"예수님은 모든 아이를 사랑해. 하지만 예수님은 나쁜 아이도 사랑하시지만 나쁜 행동은 사랑하시지 않아. 엄마가 소은이가 잘못했을 때 야단치는 것도 소은이가 미운 게 아니라 소은이의 잘못된 행동이 미운 거야."

이게 적절한 답변인지는 모르겠지만 그 순간 소은이가 아주 어릴 때부터 읽어 주었던 아기 교리책[50]이 문득 떠올라 이렇게 답을 했다.

'예수님은 아이들을 사랑한다. 개구쟁이, 심술꾸러기, 부끄럼쟁이여도 모두 모두 사랑한다.'

바로 이 구절.

---

50 알콩달콩 우리 아기 교리1 《예수님이 누구예요?》 글 고수산나, 그림 김정초, 바오로딸, 2009.

얼마 전, 온 가족이 다 함께 남한산성 순교성지를 찾았다. 벚꽃이 아직 지지 않았던 늦봄, 꽃구경을 핑계 삼아 친정 부모님과도 동행하였고, 3대가 함께 십자가의 길을 거닐며 묵상하는 시간을 가졌다. 그런데 십자가의 길이 숲속에 있다 보니 길이 여러 갈래로 나뉘어 있었고, 기도처에서 묵상을 한 후 어느 길로 가야 하는지 선택을 해야 했다. 우리는 아무 거리낌 없이 이쪽이 맞다고 생각하고 한쪽 길을 택했는데 그 와중에 씩씩하게 혼자 반대 방향으로 걸어가는 소은이. 아무리 불러도 꿋꿋하게 제 갈 길을 가길래 내가 얼른 쫓아가서 아이를 데려왔다. 그런데 걸으면 걸을수록 기도처의 그림들이 이상한 게 아닌가. 결국 소은이가 처음 간 길이 맞았고, 어른들은 모두 반대 방향으로 걷고 있단 걸 깨달았다.

우리는 숲 속에서 이정표도 없이 바른 길을 찾아간 소은이가 신기하고 대견했다. 소은이에게 어떻게 길을 알았냐고 묻자, 소은이는 빙그레 웃을 뿐 말이 없다.

"역시 우리 은총이는 다르네!"

나는 소은이를 태명으로 부르며 머리를 쓰다듬어 주었다. 하느님의 은총으로 세상에 태어난 아이. 가끔 소은이가 우리에게 얼마나 힘들게 온 존재인지 잊을 때가 있다. 전국의 성지를 순례하고, 날마다 예수님께 아이를 달라고 청했던 지난날. 절망 속에서 간절한 기도와 은총으로 태어난 아이이기에, 더욱더 하느님의 품에서 예수님의 자녀로 자라게 하고 싶었다.

올해 소은이가 여섯 살이 되어 그 마음이 더 확고해지면서 소은이를 성당 주일학교 유치부에 입학시켰다. 그리고 나도 소은이와 함께 주일학교를 다니며 주일학교 보조 교사로 봉사를 하기 시작했다. 소은이가 아니었다면, 또 내가 아프지 않았다면 엄두도 내지 못했을 일이다.

갑자기 어디서 이런 용기가 생겨 덜컥 일을 저지른 것일까 싶다가도, 내가 건강을 회복하여 누군가를 도울 수 있다는 것 자체로도 기쁘고 감사한 일이라는 생각이 들었다. 그리고 이걸 계기로 우리가 봉사를 하는 데도 용기가 필요하단 사실을 알았다. 봉사를 하기 전 과연 내가 잘 할 수 있을까, 힘들지는 않을까, 계속 할 수 있을까 등 여러 고민을 하기 마련이다. 하지만 암 환우 단체에서 재능 기부로 독서모임을 운영하면서 내가 가진 것을 다른 이와 나눌 때 오는 기쁨과 보람이 두려움보다 더 크다는 걸 알게 되었다. 뭐든지 일단 해보는 것이 행동하지 않는 것보다 나았다. 암을 겪고 새롭게 도전하는 일이 더 많아진 셈이다.

이제 환우 단체에서 나아가 지역 사회의 신앙 공동체에서 내가 할 수 있는 역할이 하나 더 생겼다는 게 뿌듯하다. 비록 주말이 더 바쁘고 힘들어지겠지만 나의 신앙도, 하느님과 아이들에 대한 사랑도, 좀 더 깊어지는 기회가 되었으면 좋겠다. 나는 천주교 신자라서 성당에서 봉사를 시작했지만, 돌아보면 주변에서 우리가 남을 위해 할 수 있는 일은 너무나 많다. 나를 사랑하고, 가족을 사랑하고, 나아가 이웃을 사랑하면 결국 그 선한 마음이 다시 나에게로 돌아온다.

요즘은 자기 전에 가족이 다 같이 하루 동안 감사했던 일을 말하고 저녁 기도를 한다. 감사 일기를 쓰는 것도 좋지만 이렇게 감사하는 일들을 소리 내어 말하면 각자의 하루가 어땠는지 알 수 있고, 가족 구성원에게 감사한 마음을 표현할 수 있어 더 좋다.

한번은 감사 기도를 마치고, 청원 기도[51]를 돌아가며 했

---

51 바라는 바를 말하고 이를 이루어지게 해 달라고 기도를 요청하는 것

는데 소은이의 기도문이 우리에게 큰 웃음을 주었다.

"아빠가 화 안 내게 해 주세요. 엄마가 저랑 놀아 주게 해 주세요. 아멘."

아이를 행복하게 해 주는 일이 이렇게나 간단한데도 불구하고 그걸 실천하는 게 참 쉽지 않다. 이제 소은이의 기도가 이루어질 수 있도록 엄마, 아빠가 그 기도를 들어주어야겠다. 소은아, 사랑해. 너의 기도는 이루어질 거란다.

# 4장

## 다시,
## 삶에 대한
## 이야기

암에 걸리고 더 행복해졌다는 말을 어떤 사람들은 믿지 않는다.

어떻게 암에 걸리고 더 행복할 수 있냐고 반문한다.

하지만 행복할 수 있는 이유는 간단하다.

암에 걸리면 누구나 죽음을 생각하게 되고,

인간은 죽음 앞에서 그동안 우리가 당연하게 생각했던 것들이

사실은 얼마나 감사하고 소중한 것이었는지를 깨닫는다.

## 암이 앎이 되는 지점

마흔도 되기 전에 암에 걸렸다. 암에 덜컥 걸리고 나니, 내가 그동안 어떻게 살았는지 돌아보지 않을 수 없었다. 나는 나 자신을 사랑하는 사람이라고 생각했는데 반쪽짜리 사랑을 하고 있었다. 내 몸이 혹사되는지도 모르고, 그동안 너무 열심히 앞만 보며 달려왔다.

학창 시절부터 운동과는 담을 쌓았고, 몸을 움직이는 걸 싫어했다. 자기소개서의 취미와 특기란에 적는 것은 독서나 글쓰기처럼 책상에 앉아서 하는 일이었다. 대부분의 교사가 그렇듯이 학교에서 모범적인 학생이었고, 공부하는 것을 좋아했다. 새로운 지식을 배우고, 가르치는 일에 매력을 느끼고, 학생들에게 선한 영향력을 줄 수 있는 좋은 선생님이 되고 싶었다. 특히 국어와 문학을 좋아해서 고등학교 1학년 때 국어 교사가 되기로 결심했고, 어른이 되어 그 꿈을 이루었다.

꿈을 이루는 길은 쉽지 않았다. 교사가 되기 위해 부단히 노력했다. 대학에 가고, 대학원에 진학하고, 졸업 후 임용고시를 준비하는 동안 한 해도 쉰 적이 없었다. 그렇게 쉬지 않고 달려온 끝에 스물여덟이 되어서 비로소 교사라는 꿈을 이룰 수 있었다. 교사가 되어서는 좋은 교사가 되기 위해 최선을 다했다. 도무지 내 삶에 운동이 비집고 들어올 틈이 없었다. 운동을 할 필요성도 느끼지 못했다. 바쁜 일상에 운동은커녕 걷기도 하지 않았다. 가까운 거리도 차를 타고 다녔고, 건강을 위해 그 어떤 노력도 하지 않았다. 그래도 되는 줄 알았다. 돌이켜 보면 그게 얼마나 큰 오산이었는지.

나는 그동안 정신이 몸을 지배하는 줄 알았지만, 사실은 그 반대에 가깝다. 몸이 정신을 지배한다. 공부가 자기와의 싸움이라 생각하며 살았지만, 운동이야말로 가장 원초적인 자기와의 싸움인데 나는 이를 너무 등한시하고 살았다.

게다가 매일 바쁘다는 핑계로 인스턴트 음식을 입에 달고 살았다. 이런 나를 변화시킨 건 암 진단이었다. 암에 대해 공부하며 비로소 어떻게 살아야 할지 깨달았다. 건강하려면 반드시 관리해야 하는 세 가지가 있다. 운동, 건강한 식습관, 마음 관리, 구체적으로는 '긍정적 감정을 키우고 스트레스 받지 않기'이다. 아프기 전에는 긍정적인 감정이 이토록 중요한지 몰랐다. 운동이 우리 몸의 NK세포를 활성화시키는 것처럼 긍정적인 감정은 우리 몸의 면역체계를 직접적으로 올린다. 긍정적인 느낌이 들 때마다 행복 호르몬인 옥시토신이 즉각적으로 분비되는데 이 옥시토신이 스트레스 호르몬인 코티솔의 암 유발 효과를 억제시키기 때문이다. 많은 암 환자들이 진단을 받기 전 극심한 스트레스에 노출되었다고 말한다. 나 역시 그랬다. 아이가 태어난 후 늘 육아 스트레스에 시달렸고 어린이집 사건으로 아이가 트라우마를 겪으면서 극심한 스트레스 상황에 노출되었다. 복직을 하고 나서는 직무 스트레스까지 더해져서 정신적, 육체적 피로에 시달렸다. 마침내 삶이 행복하지 않다고 생각한 순간, 암이 내게 찾아왔다.

긴 고민과 공부 끝에 내가 앞으로 건강하게 살기 위해서는 지금까지와 반대되는 삶을 살면 된다는 결론이 나왔다. 암이 앎으로 나에게 다가오는 순간이었다. 암을 통해 내 삶에서 진정 소중한 것이 무엇인지, 내가 가치 있게 생각하고, 우선순위를 두어야 하는 것이 무엇인지 깨닫게 된 것이다.

## 암이 내 인생을 바꾸다

암을 진단받고 1년이 되던 즈음, 어느 날 건강 프로그램 제작진으로부터 연락이 왔다. '암을 이겨낸 의사와 약사'의 이야기를 다루는 편에 패널로 출연하여 유방암 환자의 이야기를 들려달라는 것이었다. 그 당시는 첫 책《유방암, 잘 알지도 못하면서》[52]가 출간되기도 전이었는데 소셜 미디어에 암 환자의 일상을 꾸준히 공유하고, 글을 쓰는 모습이 눈에 띄었던 모양이다.

평범한 사람인 내게 방송 출연이라니. 신기하기도 했지만 막상 출연을 결심하기까지는 쉽지 않았다. 방송에 출연

---

52 강진경, 북테이블, 2022.

한다는 것 자체가 세상을 향한 '암밍아웃(암 환자임을 커밍아웃)'이라 느껴졌기 때문이다. 그때까지는 내가 알리고 싶은 사람에게게만 선택적으로 암 환자인 것을 밝혔지만, 방송에 출연하면 사정이 다르지 않은가. 알리고 싶지 않은 사람에게도 나의 소식이 알려지는 것이 마음에 걸렸다. 게다가 내 이름 아래 '유방암'이라고 적힌 이름표를 왼쪽 가슴에 달고 나간다는 건, "저는 암 환자예요."라고 온 세상에 대고 외치는 거라 글을 쓰는 것과는 또 다른 용기가 필요했다.

그러나 한편으로는 방송에 나가 책 이야기를 하고 싶은 마음도 슬그머니 들었다. 내 책을 세상에 알리고 싶은 것은 내 삶을 사랑하기 때문이었다. 나는 지금도 글을 쓰며 행복하게 살고 있고, 책은 말하자면 그런 내 삶의 결실이자 열매였다.

어떤 작가님은 책을 출산에 비유하기도 하던데, 그렇게 배 아파 낳은 자식처럼 소중한 첫 책이니 방송의 힘을 빌려 조금이라도 더 알리고 싶은 것은 어쩌면 당연한 일이었다. 책이 잘 팔려 떼돈을 벌겠다는 물질적인 욕심이 아니라(아쉽게도 인세로는 떼돈을 벌래야 벌 수도 없다.) 책을 통해, 더 많은 환우들과 만나고 싶고, 더 많은 분들에게 희망과 위로가 되고 싶은 마음이었다. 오늘도 암을 진단받고 힘겨운 싸움을 시작하는 환자분들께 암이 삶의 끝이 아니라 새로운 시작이 될 수 있음을 보여 주고 싶었다.

이런 마음이 인정 욕구인지, 자아실현의 욕구인지 모르겠지만 글로써 선한 영향력을 끼치는 사람이 되는 것. 이것이 글을 쓰는 사람으로서 내가 갖는 소박한 바람이자, 간절한 소망이었다.

사실 작가가 된다고 해서, 돈을 많이 버는 것도 아니고 직장을 그만둘 수 있는 것도 아니다. 그저 작가라는 명함이 하나 더 생겼을 뿐, 겉으로 달라지는 것은 별로 없었다. 그러나 글을 쓰며 나의 내면은 180도 달라졌다. 글을 쓰지 않았다면 지금처럼 세상에 나를 공개할 용기는 없었을 것이다. 방송 출연은 상상도 못했을 것이다. 소심한 나에게 어디서 그런 용기가 났을까. 나는 이 모든 것은 글쓰기라는 마법이 있었기에 가능했다고 생각한다.

암 진단 이전에 나는 타인의 시선에 많은 영향을 받으며 살았다. 그러나 지금은 그렇지 않다. 타인의 감정보다 나의 감정이 더 중요하고, 타인의 시선이 아닌 나의 시선으로 세상을 바라본다. 이것은 이기주의가 아니라 내가 나의 삶의 주인이 되는 것을 말한다.

나는 나의 또 다른 책인 예민한 아이에 대한 육아서를 쓰며 내가 기질적으로 예민한 사람이란 것을 깨닫게 되었다. 나는 지금도 남들보다 예민한 촉수로 세상을 바라보고, 사회적 민감성 또한 높다. 기질적으로 사회적 민감성이 높으면 다른 사람의 감정에 민감하고, 다른 사람과 친밀한 관계를 맺고 싶어 하는 욕구도 강하게 나타난다.

기질은 변하지 않는 것이어서, 이런 나의 성향이 노력한다고 하여 180도 바뀔 수는 없다. 다만 예전과 달리 용기가 생겼다고 할까. 여전히 상처받을까 두렵고, 상처받고 싶지 않지만 미움받을 용기도 생겼다고 해야 하나. 실패해도 괜찮다는 의연한 마음이 좀 더 커졌다고 해야 하나.

방송에 나와서 말을 버벅거릴 수도, 내가 하고 싶은 말을 제대로 전달하지 못할 수도 있다. 어쩌면 통째로 편집되어 버릴지도 모를 일이다. 또는 목소리나 얼굴이 내 마음에 안 들어서 다시는 보고 싶지 않은 흑역사가 될지도 모른다. 내 마음대로 지울 수도 없고, 세상에서 사라지지도 않는 그런 위험천만한 것이 방송임을 알지만 그럼에도 불구하고 나는 도전하고 싶었다.

실제로 내가 출연하는 분량은 매우 짧았지만 하필이면 나의 인터뷰가 가장 마지막 순서였다. 5시간이나 되는 긴 녹화 시간 동안 계속 긴장한 상태로 있다 보니 마음도 몸도 힘이 들었다. 정작 내 차례가 되었을 때는 기운이 빠져서 머릿속에 아무 말도 생각나지 않았다. 무슨 말을 했는지 모르게 허무하게 시간이 흘러버렸다. 예전 같으면 두고두고 그 시간을 곱씹으며 나를 자책했겠지만 더 이상 그러지 않았다. 그냥, '수고했어. 진경아. 처음인데 당연히 그럴 수 있지. 다음에 혹시라도 또 기회가 있다면 더 잘할 수 있을 거야.'라고 나를 위로해 주었다.

이날 같이 암 경험자로 출연한 분들과 새로운 인연을 맺고 다시 만날 것을 약속하며 헤어지는 발걸음이 참 가벼웠다. 그중에는 소셜 미디어로 그동안 계속 소통해 오던 분도 있었고, 처음 알게 된 분도 있었지만 모두 마치 오래전부터 알고 지낸 사이처럼 친근하게 느껴졌다. 처음 만났지만 우리가 바로 친구가 될 수 있던 것은 같은 아픔을 공유한 사람들만이 가지는 동지 의식 때문일 거다. 마치 전우애처럼 끈끈하고, 굳이 말하지 않아도 느껴지는 서로를 향한 마음과 따뜻한 눈빛이 오래도록 기억에 남는다.

녹화를 마치고 방송국을 나서자, 어느덧 밤 10시를 가리키고 있었다. 이 시간에 밤에 혼자 밖에 있어 본 게 얼마 만인지. 그 와중에 새삼 자유로운 기분이 들었다. 방송국 바로 앞에는 4개월 전, 출간 제안을 해 준 한 출판사의 사무실 빌딩이 보였다. 사람 일이라는 것이 정말이지 한 치 앞을 알 수 없음을 다시금 느꼈다.

집으로 돌아오며 감사한 얼굴들이 떠올랐다. 생애 첫 방송 출연이라는 이벤트에 응원과 격려를 보내준 가족들과 환우 모임의 언니와 동생, 친구들……. 그리고 보니, 내 주위에 암으로 만난 인연들이 참으로 많다는 생각이 들었다. 이쯤 되니 암으로 인해 생긴 선물 같은 인연이 너무 많아 감사하고 행복해졌다.

그날의 방송을 시작으로, 책이 출간되고 나서는 여러 차례 유튜브 영상을 찍게 되었고, 세 번의 북 콘서트[53]를 진행하며 많은 사람들을 만나게 되었다. 첫 번째 북 콘서트는 출판사에서 '프라이빗 북 토크'라는 이름으로 소규모로 진행하였다. 암 환자인 것을 다른 이에게 알리고 싶지 않은

---

53 작가가 자신이 쓴 책을 주제로 강연을 하고 독자와 질의응답을 가지는 모임.

분들을 위해 출판사 사무실에서 조용하게 만났다. 유방암 환우만을 대상으로 해서 치료 중에 궁금한 것들을 묻고 답할 수 있는 시간을 가졌다.

두 번째 북 콘서트는 내가 독서 모임 리더로 활동하고 있는 암 환우 단체에서 서울의 한 카페를 빌려 개최했고, 꽤 많은 환우분들이 참석했다. 암의 종류도 모두 달랐다. 그때 만난 환우들과 각자의 삶과 아픔, 치유에 대해 이야기를 나누었다.

그날 내가 참 행복했다는 걸 사진을 보고 알았다. 내가 이토록 활짝 웃을 수 있는 사람이었다니. 마음을 다해 글을 썼고, 그 마음을 나눌 수 있는 사람들이 있음이 얼마나 감사한지. 그날은 평생 잊지 못할 소중한 추억이 되었다.

세 번째 북 콘서트는 내가 활동하고 있는 작가 모임에서 열면서 암 환우뿐 아니라 나의 가족과 친구, 지인들을 초대하였다. 그동안 두 번의 북 콘서트가 모두 암을 겪으신 환우분들과 만나 깊은 공감대를 형성했다면 세 번째 북 콘서트에서는 건강한 일반인분들께 암 경험자로서의 메시지를 전하는 자리였다. 바로 건강을 잃기 전에 건강을 지켰으면 하는 간절한 마음. 사랑하는 나의 가족들과 친구, 지인들께

전하고 싶었다. 암 경험자가 바라보는 세상은 어떠한지. 암을 예방하기 위해 앞으로 어떻게 살아야 하는지.

감사하게도 너무나 많은 분들이 오셔서 자리를 빛내 주셨고, 여러 사람들의 도움으로 성황리에 행사를 마칠 수 있었다. 집에 돌아와 상자 가득 담긴 꽃다발을 보았다. 태어나서 이렇게 많은 축하를 받아본 적이 없었다. 셀 수 없이 많은 꽃다발을 멍하니 바라보며 문득 이런 생각이 들었다.

'내 인생에 이런 이벤트 같은 날이 다시 올 수 있을까?'

모처럼 집이 꽃으로 가득 차게 되었다. 일부는 꽃다발 채 말려 두고, 일부는 병에 옮겨 집안 곳곳에 두었는데 꽃이 있으니 집안이 환해지고 행복해졌다. 그렇게 꽃과 함께, 책과 함께 3개월 동안 참 행복했다. 그리고 어느덧 하나둘씩 꽃잎이 시들고, 꽃병들을 정리하며 어느 날 이런 생각이 들었다. 꽃잎이 피고 지는 것처럼 모든 일이 피었다 저물기를 반복하고, 나는 그 일련의 과정 속에서 어떤 날은 울고, 또어떤 날은 웃으며 삶을 계속 살아가겠구나 하는.

암은 내 인생을 긍정적으로 바꾸었다. 살다 보면 누구에게나 시련이 온다. 중요한 것은 그런 역경이 있더라도 삶은 계속 지속된다는 것. 그러니 꽃이 지더라도 슬퍼할 필요 없으며, 앞으로 또 피어날 꽃을 기다리면 되는 것이리라.


## 암에 걸리고, 더 행복해졌다는 말

어느 날, 암 전문 미디어에서 유튜브 촬영을 마치고 집에 오는 길에 지하철역에서 나오자마자 파란 하늘과 흰 구름 그리고 내가 다니는 성당이 보였다. 하늘이 어쩜 그렇게 맑고 예쁜지, 그 하늘을 배경으로 지붕 끝에 달린 십자가와 두 팔 벌린 예수님의 하얀 조각상은 얼마나 숭고해 보이는지, 나는 그 풍경이 너무 아름다워 눈물이 날 뻔했다.

예전에 내가 신을 믿지 않았을 때는 안 좋은 일이 일어나도 그마저도 다 신의 뜻이라고 하는 것을 이해하지 못했다. 그런데 이제 조금 알 것 같다. 내가 잠시 아픈 것도, 나 자신을 돌보기 위해 잠시 쉬어가라는 하늘의 뜻이라는걸. 이렇게 좋은 분들을 만나 이전에는 상상도 할 수 없었던 또 다른 삶을 살고 있는 것도 어쩌면 다 신의 뜻이 아닌가 하는.

암에 걸리고 더 행복해졌다는 말을 어떤 사람들은 믿지 않는다. 어떻게 암에 걸리고 더 행복할 수 있냐고 반문한다. 하지만 행복할 수 있는 이유는 간단하다. 암에 걸리면 누구나 죽음을 생각하게 되고, 인간은 죽음 앞에서 그동안 우리가 당연하게 생각했던 것들이 사실은 얼마나 감사하고 소중한 것이었는지를 깨닫는다.

봄에 피어나는 꽃봉오리와 살랑이는 봄바람, 여름을 알리는 푸르른 녹음과 산 내음, 알록달록 고운 단풍잎과 청명한 가을 하늘, 온 세상을 하얗게 덮은 눈 내리는 겨울 풍경. 사계절의 변화를 볼 수 있다는 건 얼마나 큰 축복인가. 하늘에 떠 있는 구름, 아침에 지저귀는 새의 노랫소리, 밤하늘을 수놓은 별들은 또 얼마나 아름다운지.

나를 둘러싼 세계가 이토록 아름다웠다는 사실을 죽음을 직면하고서야 비로소 실감하게 되는 것이다. 그러니 삶이 어찌 행복하지 않을 수 있을까.

"암 이전의 삶으로 돌아갈 수 있다면 돌아갈 건가요?"

그날 내가 유튜브를 촬영하며 받았던 질문이다. 나는 삶이 너무 힘들었을 때 암을 진단받았기 때문에 암 이전의 삶으로 돌아가지 않겠다고 말했다. 어차피 암 진단 이전으로 삶을 되돌릴 수 없고, 다시 태어나더라도 다른 삶을 선택하는 것도 내가 할 수 있는 일이 아니다. 결국 내가 선택할 수 있는 건 암을 진단받은 후 지금, 여기, 오늘을 어떻게 사느냐 하는 것. 그래서 나는 행복하게 살기로 선택했다. 더 이상은 남의 눈치를 보지 않고, 내가 하고 싶은 일을 하며, 내가 만나고 싶은 사람들을 만나며, 매일 나의 행복에 집중하며 살 것이다.

## 암을 겪어도 인생은 눈부시게 빛나다

첫 책《유방암, 잘 알지도 못하면서》의 가장 마지막 장은 유방암을 진단받고 1주년을 맞았을 때 쓴 글이었다. 유방암을 진단받고 나의 1년이 어땠는지 돌아보고, 1주년을 맞았을 때의 솔직한 심정을 담았다. 병원에 가서 1년 검진을 받던 일도 상세하게 적었다. 내게 대학 병원 암 센터는 더 이상 낯설고 두려운 곳이 아니었다. 오래 드나들다 보니, 어느새 병원이 친정처럼 편안해지고, 병원을 갈 때마다 환우 모임을 하다 보니 병원에 가는 일도 즐거운 일상이 되어 있었다. 병원이 자연 속에 있다 보니, 때론 나 홀로 여행을 가는 것처럼 설레기도 했다.

어느덧 시간이 흘러 진단 2주년을 앞두고, 다시 새로운 책의 마지막 장을 쓰게 되어 감회가 새롭다. 첫 번째 책의 마지막 부분에 적었던 문장을 옮겨본다.

이제 나는 다시 또 새로운 시작을 꿈꾼다. 나의 인생 2막은 지금부터 시작이다.

그렇게 시작된 나의 인생 2막. 그때 적었던 다짐이 씨앗이 되어 현재 나는 인생 2막을 즐겁게 살고 있다. 돌이켜 보면 1년 사이에 참 많은 일이 있었다. 책 출간, 출간기념회, 북 콘서트, 유튜브 출연 등 예전에는 꿈도 꾸지 못했을 새로운 일들이 매일 펼쳐졌다.

암 진단 이전에는 바쁘다는 핑계로 하지 못했던 봉사도 시작했다. 암 환우를 위한 비영리단체에 매달 후원금을 기부하고, 독서모임 리더를 맡아 재능기부를 한 지 어느덧 1년이 넘었다. 암 환자는 암 환자가 돕는다는 슬로건이 마음에 와닿아 시작한 일이었다. 이렇게 단체 활동도 하고, 여러 환우 모임과 소셜 미디어를 통해 사람들과 활발하게 소통하면서 새로운 인연을 많이 만나게 되었다. 암이 아니었다면 만나지 못했을 소중한 인연, 귀한 만남에 참으로 감사하다.

얼마 전에는 보건복지부 산하 공익법인인 한국혈액암협회[54]에서 유튜브를 찍었다. 혈액암협회에서 환우분들께 희망과 용기를 드리고자 희망 나눔 영상 시리즈를 기획하였는데 그중 유방암 환우 편에 내가 출연하게 되었다. 도서 출판, 독서모임 등의 활동으로 환우들의 소통과 연대를 위해 노력하는 것을 좋게 봐주시고, 암스트롱(I'm strong)이라는 상장도 만들어주셨다.

처음 유방암을 진단받았을 무렵 혈액암협회 유튜브 채널에 올라오는 웹세미나 영상을 보며 많은 도움을 받았는데, 불과 2년도 안 되어 내가 그곳에서 환우분들께 희망을 주는 영상을 찍고 있다니 감회가 새로웠다. 암 환우분들께 희망과 용기를 드리기 위해 참여했지만, 좋은 사람들과 함께하며 내가 오히려 치유 되고, 용기를 얻은 시간이었다.

내가 암을 겪고 빠르게 회복될 수 있었던 이유 중 하나는 사회적인 지지를 적극적으로 받아들인 것 때문이라 생각한

---

54 한국혈액암협회는 급성 백혈병, 다발골수종 등과 같은 혈액질환 뿐만 아니라 유방암, 폐암 등 종양 환우들을 위한 경제 지원 사업, 의료진과 함께하는 교육 상담과 지원 사업, 해외 유수 단체들과 학술 교류 및 협력을 통해 다양한 투병 지원 사업을 진행한다.

다. 이는 《암, 그들은 이렇게 치유되었다》[55]에서 말하는 근본적 치유의 마지막 방법이기도 하다. 이 책에서는 암을 진단받고 오는 절망과 두려움, 슬픔 등의 감정은 너무 압도적이기 때문에 친구나 가족, 치유 팀으로부터 올바른 사회적 지지를 얻는 것이 치유에 필수적이라 말한다.

우리가 물질적으로 풍요롭고, 사회적으로 성공해야지 인생이 눈부시게 빛나는 것은 아니다. 나를 사랑해 주고, 지지해 주고, 아껴주는 사람들 속에서 행복을 느끼는 것. 남이 봤을 때 '저 사람은 참 빛나는 삶을 사는구나!'가 아니라 스스로 내 인생이 눈부시게 빛난다고 느끼는 지점. 그 지점을 찾는다면 우리의 인생은 그것만으로도 반짝반짝 빛나지 않을까?

그러니 부디 과거도 미래도 아닌 지금, 여기, 오늘이 행복한 삶을 살기를. 지나간 과거를 후회하거나 오지 않을 미래를 걱정하기보다, 현재 나에게 주어진 오늘을 행복하게 사는 것. 그 길이 내가 가고자 하는 길이며, 그 길에 당신도 함께였으면 좋겠다.

---

55 켈리 터너·트레이시 화이트, 샨티, 2022.

## 인생과 사랑의 참뜻을 찾아가는 여정

2021년 4월, 저는 유방암을 진단받았습니다. 10년 차 국어교사에서 하루아침에 암 환자가 되었지만 좌절하지 않았습니다. 슬퍼할 겨를도 없었습니다. 저에게는 이제 네 살밖에 되지 않은 지켜야 할 딸이 있었고, 사랑하는 가족이 있었으니까요. 진단 4일째 되던 날, 살기 위해 글을 쓰기 시작했습니다. 글쓰기가 가진 치유의 힘을 믿었기 때문이에요. 그렇게 암 진단 후 1년의 과정을 모아 첫 책《유방암, 잘 알지도 못하면서》를 출간했습니다.

첫 책이 유방암 환우들을 위한 책이었다면, 이번 책은 아픈 엄마들을 위한 책이 되었으면 했습니다. 아프지만 누구보다 아이들을 사랑하는 엄마들이 저의 글을 읽고 위로와 용기를 얻길 바랐어요. 제가 암을 극복하고, 치유될 수 있었던 건 딸이 주는 위로와 사랑의 힘 덕분이었으니, 그 사랑의 힘을 나누고 싶었거든요. 물론 이 책의 독자가 아픈 엄마로 한정되는 것은 아니에요. 아픔을 경험한 사람으로서, 아픈 엄마가 딸을 바라보는 애틋한 마음을 그렸지만, 누구나 아이를 키우며 느낄 수 있는 감정들을 담았기에, 자식을 둔 부모라면 쉽게 공감할 수 있을 것이라 생각합니다. 또한 비단 자식을 키우는 부모가 아니더라도, 질병이 없더라도, 인생을 살아가며 한 번쯤 시련을 만나본 분이라면, 저의 이야기에서 자신의 모습을 찾을 수 있지 않을까요?

모든 글을 쓰며 행복했지만 특히 아이와의 대화를 쓸 때가 가장 행복했습니다. 유방암과 육아법에 대한 글을 쓸 때는 힘든 순간이 떠올라 눈물이 날 때도 많았지만 소은이와의 대화를 쓸 때는 늘 입가에 미소가 지어졌어요. 다른 글들이 정보와 사실에 기반한 것과 달리 아이와의 대화는 제가 쓰고픈 대로, 아무런 구애를 받지 않고 편안한 마음으로 쓸 수 있어 좋았습니다.

아침에 잠이 덜 깨서 '눈이 떠지지 않아.'라는 말 대신 '눈이 반짝이지 않는다.'라고 말하고, 바람이 불면 자기가 바람에 날아갈까 걱정하는 귀여운 꼬맹이. 그런 아이의 말을 어떻게 흘려버릴 수 있을까요? 아이가 일상에서 무심코 하는 말들이 흩어지지 않게 1년 반이 넘는 기간 동안 열심히 글을 썼어요. 이렇게 차곡차곡 모아둔 말들을 하나둘 꺼내 글로 쓰다 보면, 아이가 더 사랑스러워졌습니다. 신기한 일이었어요. 글을 쓰며 아이를 다시 한번 바라보게 되고, 아이의 마음을 한 번 더 생각하게 되었습니다.

그렇게 아이의 말에 귀를 기울이자 육아와 인생의 답이 보이기 시작했어요. 글을 쓰며 아이와의 사랑은 깊어지고, 마음은 더 풍요로워졌습니다. 글쓰기가 주는 축복으로 마음이 가득 찼어요. 아무것도 없는 흰 바탕에 자판을 두드릴 때마다 검은색 글자가 나타나 화면을 가득 채워가는 기쁨. 글을 쓰는 동안 저는 자유로웠고, 뭐든 될 수 있을 것 같은 생각이 들었습니다. 글쓰기가 주는 기쁨은 그뿐만이 아니었어요. 저의 글을 읽고, 마음이 정화되었다는 독자분들의 메시지를 보면서, 자신과 딸의 관계를 돌아보고, 자녀의 어린 시절을 떠올리며 행복에 젖었다는 메시지를 보면서, 저의 경험이 타인에게 도움이 될 수 있다는 생각에 보람을 느끼게 되었습니다.

이렇게 글쓰기는 제 인생의 새로운 길을 열어주었습니다. 글쓰기는 아픈 저에게 새로운 꿈이자, 삶을 다시 살아가는 원동력이 되었습니다. 글을 쓰며 언젠가 지금 쓰고 있는 글들을 모아 세 권의 책으로 내겠다는 꿈을 꾸었고, 감사하게도 그 꿈들은 모두 현실이 되었습니다. 그리고 마침내 제가 가장 사랑하는 두 존재인 아이와 글쓰기가 이 책에서 만났습니다. 이제 책은 제 손을 떠나 독자분들께 갈 것입니다. 소은이와 저의 이야기는 여기서 끝나지만, 저는 이것이 끝이 아니라 믿어요. 앞으로도 소은이는 계속 성장해나갈 것이고, 저는 아이의 말에 귀를 기울이며 계속 글을 써나갈 테니까요.

삶을 살아가며 누구에게나 시련과 고난이 옵니다. 저에게는 그게 암이라는 모습이었지만 다른 누군가에게는 또 다른 형태일 수 있을 거예요. 그리고 삶에 위기가 찾아왔을 때 그 위기를 극복하는 모습 또한 우리 모두 다르겠지요. 저는 아이와 있었던 대화를 글로 적으며 아픈 몸과 마음을 치유했지만 다른 이에게는 또 다른 무언가가 치유의 열쇠가 될 거라 믿습니다. 우리는 각자 고유한 존재이기에 인생의 정답도 저마다 달라요. 저에게는 암 투병과 육아, 글쓰기가 인생과 사랑의 참뜻을 찾아가는 여정이 되었습니다. 이 글을 읽는 독자분들도 이 책을 덮으며 자신만의 정답을 찾아가길 소망합니다.

마지막으로 이 책이 나오는 과정에서 고마웠던 분들에게 인사를 드립니다. 먼저 처음부터 끝까지 저를 믿어 주시고 이 책이 세상에 나올 수 있도록 힘써 주신 머메이드 출판사 하순영 편집자님께 감사드립니다. 독자의 마음에 울림이 남는 책을 만든다는 말씀이 제 마음에도 깊은 울림을 주었습니다. 제 글이 책으로 나올 수 있도록 기회를 주신 제이펍 출판사 장성두 대표님과 예쁜 책을 만들어 주신 디자이너 김연정 님께도 감사의 마음을 전합니다.

실력도 마음도 최고인 분당서울대학교병원 유방외과 신희철 교수님. 따뜻한 미소로 환자들의 마음을 어루만져 주셔서 감사해요. 교수님을 저의 주치의로 만나게 된 건 행운이었어요. 교수님께서 저를 다시 태어나게 해 주셨으니 늘 감사한 마음으로 건강하게 살겠습니다. 유방암 책의 감수를 맡아 주셨던 더맑은클리닉 박춘묵 원장님과 지금까지

저를 치료해 주신 모든 의료진들께도 감사를 표합니다.

제 곁을 지켜준 친구들과 지인들, 제가 계속 글을 쓸 수 있도록 격려해 주는 작가님들, 아이로 인해 만나 지금은 인생의 벗이 된 육아 동지들, 저를 기다려 주신 학교 선생님들 모두 고맙습니다.

무엇보다 저와 소통하고 지내는 모든 암 환우분들과 가족 여러분, 감사하고 사랑합니다. 우리는 모두 암이 아니었다면 만나지 못했을 인연들이지요. 수술하는 의사만 의사가 아니라 우리 모두가 서로에게 주치의가 될 수 있다는 마음으로 귀한 인연을 이어가겠습니다. 모두, 건강하게 함께 걸어가요.

마지막으로 든든한 버팀목이 되어 주신 부모님과 가족들, 하느님이 보내 주신 나의 수호천사, 남편 라파엘과 나의 뮤즈, 나의 딸, 소은이에게 이 책을 바칩니다.

## 사랑하는 내 딸, 소은이에게

소은아, 네가 이 글을 읽을 수 있는 날이 언제가 될까?

아직 너는 글자를 모르지만 언젠가 자라서 글자를 알게 되고,

스스로 이 책을 읽게 될 날도 오겠지.

그때가 언제가 될지 모르겠지만 엄마가 지금 쓰는 이 편지가

네가 현재를 살아가는 데 용기와 힘이 되었으면 좋겠구나.

엄마가 우리의 이야기를 책으로 쓰면서 가장 마음에 걸렸던 건

늘 너였어.

먼 훗날 혹시나 엄마가 아팠던 게 너에게 상처가 될까 봐,

너의 이야기를 네 허락 없이 세상에 알리는 게 혹시

너에게 부담이 될까 봐,

걱정되는 마음에 여섯 살 너에게 물었지.

엄마와 너의 이야기를 책으로 내도 되겠냐고.

고맙게도 너는 괜찮다고. 엄마를 응원해 주었어.

그리고 엄마가 작가라서 좋다고,

너도 커서 글을 쓰고 싶다고 해맑게 웃었지.

사실 자신의 이야기를 세상에 알리는 건,

굉장히 큰 용기가 필요한 일이란다!

하지만 엄마가 그 용기를 낼 수 있었던 건,

바로 네가 엄마 곁에 있었기 때문이야.

비록 엄마가 아픔을 겪었지만 너에게 힘든 시련을 이겨낸 씩씩한 엄마.

자랑스럽고 멋진 엄마가 되고픈 마음이 엄마에게도 큰 힘이 되었단다.

소은이에게 부끄러운 엄마가 되지 않기 위해,

네 곁에서 평생 건강한 엄마로 살기 위해,

엄마는 하루하루 충실하게 살아가고 있어.

엄마의 인생에서 너와 함께한 지난 몇 년은 아주 일부이지만,

너의 존재는 엄마의 인생을 바꾸어 놓았어.

내가 아닌 타인을 위해 나를 기꺼이 내놓을 수 있는 마음.

그게 바로 세상 사람들이 말하는 '사랑'이라는 이름이란다.

어떠한 상황에서도, 어떠한 어려움 속에서도,

너를 사랑하는 엄마의 마음은 변하지 않으며, 앞으로도 영원할 거야.

엄마가 된다는 것, 엄마로 산다는 것은

결국 그 무엇과도 바꿀 수 없는 큰 행복이며,

너를 낳은 것은 엄마가 세상에 태어나 가장 잘한 일이야.


그러니 나의 사랑하는 딸, 소은아.

살면서 너에게 어떤 시련과 좌절이 오더라도,

너는 엄마의 가장 소중한 존재라는 걸 기억해 주길 바라.

그리고 힘들 때마다

네가 태어났을 때 엄마가 널 위해 지었던 시를 기억해 주렴.

우리 소은이가 '봄날 같은 사람'이 되기를,

엄마는 늘 기도할 거야.


2023년 6월

여름이 다가오는 문턱에서

너를 사랑하는 엄마가

"이렇게 좋은 밤이 어디서 올까?"

"좋은 밤은 소은이의 마음에서 오는 거야.
이 세상에 존재하는 것들을 사랑하고, 아름답게 볼 줄 아는
눈을 가진 소은이의 마음에서부터 좋은 밤이 오는 거야."